M. Grünwald

**Autobiographie S.D. Luzzato's**

# AUTOBIOGRAPHIE

# S. D. LUZZATO'S,

## BIOGRAPHIE

### Ezechia Luzzatto's und Luigi Pasquali's

aus dem

### Italienischen ins Deutsche übertragen

von

## Dr. M. Grünwald,

Bez. Rabbiner in Belovar

und mit

ANMERKUNGEN VERSEHEN

von

### Dr. J. Luzzato, Rev. S. Morais u. Dr. M. Grünwald.

*Preis 4 Lire = 2. fl Ö. W.*

VERLAG DES

Dr. J. LUZZATTO, NOTARO IN PADUA,

*Via Leoncino, 941.*

1882.

DRUCK VON J. FLEISCHMANN, BELOVAR.

# Vorwort.

Luzzatto hat sich ausser seinen unsterblichen Schriften in seiner Autobiographie, wovon nur ein kleiner Theil — über die Ahnen Luzzatto's — im Busch's Jahrbuch in deutscher Sprache veröffentlicht wurde, verewigt. Bei ihm ist das Dichterwort: „Sei Mann im Leben, Kind in der Natur" zur Wahrheit geworden. Die Lectüre und das Übersetzen dieser Schrift war für den Übersetzer ein Genuss. Wir hielten es für unsere Pflicht unseren Lesern die Aus-

dauer, uneigennützige und antike Charakter-
stärke Luzzatto's gegenüber so mancher
**Pygmäengrösse unserer Zeit** vorzuführen.
Möge die Lectüre dieses Buches das sittliche Gefühl bei der Jugend fördern helfen,
so wird der Übersetzer sich hinlänglich
belohnt sehen!

*Belovar am Vorabende des Neujahrfestes 5643 (13.
September 1882.)*

Dr. M. Grünwald.

# Inhalt.

# Autobiografia di S. D. Luzzato preceduta da alcune notizie storico-letterarie sulla famiglia Luzzatto a datare dal secolo XVI.

Aus dem Italienischen in's Deutsche übertragen und mit Anmerkungen versehen von Dr. M. G.

Ein Theil dieser Biographie erschien zuerst in Isidor Busch's Jahrbuch für Israeliten desJahres 5608 (1848), das Italienische Original gieng bei Busch's Überfahrt nach Amerika verloren, und das uns vorliegende Italienische ist eine Rückübersetzung aus dem Deutschen aus der gelehrten Feder des Dr. D. Lolli. Wir selbst konnten uns das Busch'sche Jahrbuch nicht verschaffen. M. G.

Der Herausgeber dieses Jahrbuches (Busch) hat mich, ihm Materialien für meine Biographie zu liefern, und stellte es mir frei, einen mir tauglich scheinenden Bearbeiter zu wählen. Wol hätten einige meiner theuren Freunde sich gerne dieser Arbeit unterzogen, doch habe ich sie selbst übernommen. Meine Eigenliebe verliert zwar dabei, der Leser hingegen gewinnt dadurch, denn welchen Wert kann man dem Lobe, das ein Freund uns spendet, oder das ein Schüler seinem noch lebenden Lehrer gibt, beilegen?

Vielen dürfte es überdies nützlich und angenehm erscheinen den Ursachen nachzuforschen, welche den Geist und das Herz eines Mannes bildeten, der sei es mit Recht oder nicht — eine Berühmtheit erlangt hat, und dessen Thätigkeit hoffentlich nicht ohne Einfluss auf einen Theil seiner Glaubensgenossen sein dürfte. Auch

hielt ich es für meine Pflicht mir eine so günstige Gelegenheit nicht entgehen zu lassen und öffentlich Dank
all denen abzustatten, die seien sie nun lebend oder todt,
auf meine Erziehung und meine Entwickelung einen wohl-
tätigen Einfluss ausgeübt haben.

Die Bescheidenheit, die mir höflicher Weise in vorigen
Jahrbuche beigelegt wurde, hätte mich villeicht hindern
sollen Daten zu meiner Biographie zu liefern, *meine
Moral aber gründet sich mehr auf Liebe als auf Ehre,
mehr auf das Gewissen als auf Förmlichkeiten.* Ich befolge
hierin den Grundsatz der Talmudisten ידע אני בעצמי
שאיני כהן אם חברי אמרים לי עלה לדוכן
אני עולה „Ich weiss wol, dass ich kein Prister bin,
wenn mir meine Genossen aber sagen: Besteige den Pult
(um den Segen zu ertheilen) so besteige ich ihn (und
ertheile den Segen).

Mendelssohn wollte bei ähnlicher Gelegenheit nicht die
Daten zu seiner Biographie geben, aber er hatte seine
guten Gründe hiezu; denn die Geschichte seines Lebens konnte
nicht losgetrennt werden von der Darstellung des damals
üblichen Erziehungswesens in Norddeutschland und von
den Hindernissen, die damals überwunden werden mussten;
und dem setzte sich eben so sehr seine Bescheidenheit
wie die Anhänglichkeit an seine Glaubensgenossen entgegen.
Diess trifft aber bei mir nicht zu, weil in *Italien* das
Widerstreben gegen Cultur und Wissenschaft niemals
Wurzel fasste; überdiess ebneten die weisen und gnä-
digen Gesetze Josef's II den Weg zu den höheren Studien.

Auch in anderer Hinsicht unterscheidet sich die Zeit
Mendelssohns von der unsrigen. Damals betrieb man nicht
das Studium des Alterthums, man bekümmerte sich nicht
um alte Manuscripte und um Schriftstellernamen, um
deren Vaterland und Blüthezeit.

Ich aber beschäftige mich seit einer Reihe von Jahren
mit solchen Untersuchungen (1) und viele meiner Freunde
legichfalls; und so muss ich diese Arbeiten mit anderen
Augen betrachten als Mendelssohn, der seine Gedanken
vorzüglich auf die Philosophie und Metaphysik richtete.

Die Freunde des Alterthumsforschung werden mir es
hoffentlich entschuldigen, wenn ich; bevor ich von mir und
meinen Eltern spreche, einige Blätter der durch 300
Jahrhunderte berühmten Familie der *Luzzatto* widme.

Die Familie Luzzatto besteht in Venedig seit 4 Jahrhunderten, da im Jahre 1655 der Rabbiner Simon Luzzato
in Venedig in seiner Widmung des „Socrates" dem Dogen
und dem Senate von Venedig schreibt: Ihr ergebenster
Diener ist in diesem glücklichen Lande und in dieser
rühmlichen Republik geboren, wie dessen Vorfahren schon
vor 2 Jahrhunderten dort geboren waren.

Der Überlieferung folgend stammt die Familie Luzzatto
aus der Lausitz (lateinisch Lusatia) und demgemäss wäre
die Schreibung *Lusato* richtig, aber schon im Jahre 1738
schrieb der erwähnte Rabbi Simeon den Namen *Luzzatto*
mit 2 *t* und 2 *z* und diess ist die in der ganzen Familie übliche Schreibweise *geblieben*, nur dass einige

---

(1) Einem intimen Freunde, der ihn bat, seine eigenen
Studien diessbezüglich zu veröffentlichen, antwortete er de dato 9.
October 1840: Was die Teschubot Hageonim betrifft (הגאוני
תשובות) so gebe mir Gott die Kraft die Arbeit zu vollenden. Sie
werden ein *ewiges Monument* sein, von unermesslichem Nutzen
*für die Nation und für die Religion.* Es handelt sich darum Raschi
wieder aufleben zu lassen, seine Briefe lesen zu lassen und die anderer
Männer ähnlichen Charakters, nämlich aufrichtiger Ebräer ohne
Falsch und Trug. In diesem Jahrhundert des Betruges und der
Zweizüngigkeit könnte man kaum solche Muster der Schönheit und
der Aufrichtigkeit enstehen lassen: die Vorsehung wollte gerade dass
jene Schätze durch so viel Jahrhunderte verborgen bleiben, damit
ihre Wirkung in unserem Jahrhundert eine desto grössere sei.
Dr. J. Luzzatto.

statt des Schluss *o* ein *i* setzen! (1) Der Compilator des
Buches: Kaphtor waferah (im Jahre 1580) schrieb sich
„della famiglia *Luzzatti*" während er in dem Buche Taame
Hamitzoot er Giacomo *Luzzatto* genannt wird. In der
Vorrede des Zemach David liest man Luzziato; aber dieses
*eine* Beispiel berechtigt nicht, den Namen von Lucio
abzuleiten, ein Name der zufällig in derselben Vorrede
erwähnt ist, als Name eines Luzzatto der im Jahre 1500
lebte. *Keine italienische* Familie nennt sich Davidatto,
Isaacatto, Salomonatto weil deren Ahne Isaak, Salomon,
David hiess.

Die Familie Luzzatto hat auf ihren Wappen: Drei
Sterne, einen Halbmond, einen Hahn und eine Gersten-
ähre.

Der älteste Luzzatto, welchen man in der Hebräischen
Literatnr kennt, ist Salamon Ben Abraham L. welcher
sich durch die Bekanntmachung des Commentars von
Sforno zu den fünf Büchern Moses vielverdient machte
er wurde auf dessen Kosten in Venedig im Jahre 1567
gedruckt.

Im Jahre 1571 entstammte dem Hause des Jacob
Luzzatto der berühmte Leo da Modena (siehe Geschichtliches
Wörterbuch der israelitischen Schriftsteller und ihrer
Werke von De Rossi).

Im Jahre 1580 (2) wurde der Caltor vaferahh oder
Jassress Jaacou von Jakob Isak Luzzatto, gedruckt bei
Ambros in Frobenius in Basel, veröffentlicht.

---

(1) Vielleicht aus dem Grunde, weil *Luzzatti* als die
*Pluralform* die Familie bezeichnete, der *einzelne* sich aber dem ent-
sprechend im Singular *Luzzatto* nannte. M. G.

(2) Nicht im Jahre 1581 wie Wolf De Rossi und Jellinek
(Orient 1846 Litbl. p. 221) haben, weil er am Ende des Buches
sagt: „beendigt am 1. Kislew 5341, und der erste Kislew niemals
in das nächste christliche Jahr fallen hann. S. D. L.

Es sind allegorisch-moralische Erklärungen, theils von ihm selbst, theils gesammelt von alten Autoren aus den ältesten Agadoth des Talmud. Buxtorf urtheilt über das Werk: „*lieber egregius et jucundus*" und es wurde wieder gedruckt in Amsterdam im Jahre 1709. Der Name des Autors ist nur im Titel angedeutet, wo das Wort Giaacou in Bezug auf die Buchstaben viel grösser geeruckt ist. Zur Vervollständigung des Werkes liest man zum Schlusse:

So spricht der Corrector, derjenige der die, von den Mähern zurückgelassene Aehren sammelt, derjenige der zusammensucht und zusammenlegt, von jeder Ecke die vergessene Ueberreste, der Letzte der fleissigen, der bescheidene Jacob, Sohn des Rabbiners Isak von Hause Luzzatto, von Zafet, das Gott bald herstellen und erbluchen lassen möge (1).

In der Ausgabe in Amsterdam liess man diese Worte weg, indem man wahrscheinlich glaubte, dass jener Jacob L. nicht in Wirklichkeit der Autor sondern nur *Corrector* des Buches wäre; während Israel Sefroni der Corrector war (von welchem man sogar einige Zeilen nach obenangeführten Worten liest).

Der Umstand, dass Jacob L. sich selbst den Titel als Corrector (maghia) ohne sein Buch corrigirt zu haben gielt, liess eine Vermuthung in mir entstehen, welche den Ursprung des Werkes erklären und demselben wie auch dem Verfasser mehr Wichtigkeit geben würde und zwar: Der Talmud wurde auf Befehl des Papstes im Jahre

---

(1) נאום המניה והמלקט שבלים אחרי הקוצרים ומאסף לקט שכחה ופאה הצעיר בתלמידים תולעת יעקב בן מהר"ר יצחק לבית הלוצצאטי זל הה מצפת תיבב.

1553 (1) den Flammen preisgegeben. Erst in den Jahren
1578. 79. 80. wurde er von Marco **Marino**, nachdem
er von allen jenen Stellen, welche gegen das Christenthum zu sein schienen, gereinigt und in Basel wieder
dem Ambrosius Frobenius übergeben.

Auf dem Titelblatte eines jeden Werkes findet sich
in lateinischer Note angemerkt, der Hauptinhalt der
Massabta zum Beispiel: Massehheth Berahhoth opus in
quo de benedictionibus, de gratiis Deo agendis, de
orationibus et divinis laudibus agitur. Dann folgt die
Erklärung, dass das Werk nach der Vorschrift des Concil
in Trient gereinigt und genehmigt wurde, in der Weise
dass es jeder fromme Christ nicht nur ohne Sünde,
sondern sogar zu seinem Vortheile lesen kann. (2)

Thatsächlich fehlen auch einige Agadoth, die man in
den nachherigen Ausgaben auch nicht veröffentlichte, aber
in den christlichen Gegenden nicht wieder drucken liess.
Jedoch wurden von den Agadoth, welche bei der christliche Censur Anstoss erregten, oder von ihr nicht genehmigt
wurden einige bewahrt und diess geschach in folge einiger
erklärenden Schriften (Postillen) dass manche Agadoth
nicht in Wortverstand, sondern in metaphorischen verborgenen Sinn genommen werpen dürfen·

---

(1) Aus dem Emek Habacha von Joseph Cohen erhellt,
dass diess im Tischri und Cheschwan 5314, welcher den Herbst des
Jahres 1553 entspricht, war. Die Ausgabe wurde im Jahre 1852
mit einer Vorrede meines Vaters veröffentlicht, und er spricht hier
über 2 bis jetzt nicht veröffentlichten Briefen, die er an Dr.
Letteris im Dezember 1848 und Januar 1849 schrieb J. L.

(2) Nunc ad omnibus etc. etc. Juden anderen Ländern lautet
die Erklärung folgendermassen: Nunc recognitam a Marco Marino
Brixiense Can. regul. D. Salvatoris et juxta mentem Sacri Concilii
tridentini expurgatum correctum ei approbatum. Dann wieder so:
Nunc ab omnibus iis qae contra religionem christianam taciebant,
expurgartum et ad eodem qui.alia volumina castigavit, juxta mentem
Sacri Concilii tridentini recognitum et approbatum. S. D. L.

Derartige Postillen findet man in der Talmud ausgabe von Basel. So im Blatte 18—b in Berahhoth, die Todtengespräche Dialoghi dei morti haben die Auslegung am Rande. Diese Worte sind allegorisch im Blatte 54 auf die Worte „und den Stein auf Og zu schleudern versuchte" steht am Rande die Bemerkung: Ist figürlich aufzufassen, im Blatte 56 ist die Anmerkung: Alles· das ist in Metapher und hat einen verborgenen Sinn, den die Einsichtigen wohl verstehen werden; im Blatte 59 auf die Worte: „Vergoss zwei Thränen" liest man: Ist im verblümten Sinne neben den kabalistischen Geheimniss zu verstehen.

Nun vermuthe ich, dass unser Jacob L. eben der Corrector jenes Talmud und zu gleicher Zeit der Autor jener Randschriften (Agaót) gewesen sei, und daher der Name maghia, den er sich im Caftor vaferahh gab. Ich glaube ferner, dass er um jene Anmerkungen, in welchen er vielen Agadoth einen geheimen und symbolischen Sinn beimisst zu rechtfertigen, die Compilation des Caft. vaf. unternommen habe, welches Werk die Absicht hat jene dunklen Agadoth auf den symbolischen oder mystischen Weg richtig zu erklären; es ist bekannt, dass es in derselben Buchdruckerei ans Tageslicht gegeben wurde, in welcher der Talmud gedruckt wurde, und gerade in demselben Jahre, in welchem jene Ausgabe des Talmud vollendet wurde.

Einige diess Randschriften zeigen *sonnenklar*, dass dieselben hauptsächlich mit Rücksicht auf die christliche Censur, und nicht nur zur Belehrung des Lesers gemacht worden sind. In Baba mezzia fol. 24 zur Stelle: Wer Geld auf öffentlichen Plätzen findet, dem gehört findet es sich folgende Anmerkung: Diess ist die Meinung unserer Weisen (*Doctoren:*) aber die christliche Religion befiehlt jeden Gegenstand, den man gefunden öffentlich ausrufen zu lassen.

So im Blatte 107 zu den Worten: Wie du entblösst von Sünden auf die Welt kamest, findet sich am Rande angemerkt: Nämlich wie du warst, als du aus Welt kamst ohne deine eigenen Sünden, weil alle dem christlichen Glauben nach ursprünglich des ersten Menschen wegen mit Sünden geboren werden, wie die Schrift sagt: In Sünden hat mich meine Mutter geboren. Sehr wenige dieser Anmerkungen sind wirklich kritischer Natur.

So z. B. im Baba Bidra fol. 123 b zu den Worten, Wie der Text sagt: Die Söhne des Manasse sind Hafer und Issi, liest man: Ich finde nirgends diese Stelle nur in der Chronik I. 5 steht geschrieben: Und diese sind die Vornehmsten ihrer Abkünfte Hafer und Issi und am Anfange des Blattes 130 nach dem Worten uedoscin sind sechs Textzeilen zwischen den Parenthesen mit folgender Anmerkung am Rande angebracht: Alles das scheint mir eine nachherige Zugabe und ist nicht die Schreibart der Ghemara.

Aber genug davon, mögen nun darüber die Gelehrten urtheilen, besonders jene, die die ganze Baseler Ausgabe zu ihrer Verfügung haben, über die grössere oder geringere Wahrscheinlichkeit meiner Vermutung, dass der Compilator des Cavtor vaferah, das ist Jakob L. auch der Autor jener Postillen ist.

Wenn ich aber sage, dass die erwähnten Postillen zum Talmud vorzüglich in Rücksicht auf die geistliche Censur geschrieben wurden, so will ich durchaus nicht sagen, dass der Autor nicht aus vollster Übersetzung geschrieben.

Schon das Buch Caftor vaferah zeigt uns den Autor durchtränkt von moralischen Allegoren, cabbalistischen Mysterien, aber noch ein anderer Umstand dient zur

Stütze, dass er ein aufrichtiger Cabbalist war. Im selben Jahre 5341 (1580-81) lies er auf eigene Kosten bei dem selben Frobenius das Buch טעמי המצות drucken, ein cabbalistisches Werk von Recanati, dem er auch eine kurze Vorrede hinzufügte.

In der Einleitung sowol wie im Titel des Caft. vaf. gebraucht er solche Reime, dass man daraus ersieht, dass er das Hebräische nach Art des Deutschen aussprach und diess bestätiget die Annahme, dass die *Luzzatto's* aus Deutschland ursprünglich stammen, und obgleich er in Zafet geboren war, hindert diess durchaus nicht, dass seine Vorfahren aus Deutschland nach Venedig gewandert seien, von wo wieder sein Vater oder Grossvater in das heilige Land zog.

Im Jahre 1587 erwähnt De Pomis in der Vorrede seines Wörterbuches Zemach David die Luzzattó's als eine in Venedig geachtete, zahlreiche und alte Familie. Er bezeichnet namentlich einen gewissen Isak als eine sehr geachtete und begabte Persönlichkeit, den Sohn des Chacham Lucio und einen anderen Chacham *David*, einen Bruder von diesem mit Namen Jakob. In einem Verzeichniss der Verstorbenen vom Jahre 1564 bis 1600 fand mein Sohn Philoxenus folgende Luzzatto's.

12. Februar 1570, ein Sohn Abraham Luzzattó's, 20 Jahre alt.

16. Februar 1572. Stella, die Mutter Leo's bei 60 Jahre alt.

19. März 1572. Dolce, Mutter eines anderen Leo, 84 Jahre alt.

4. Juni 1583, Moses, Sohn Jacob Luzzatto's, 20 Jahre alt.

2. August 1583, Abraham, 60 Jahre alt, per Padua dh.
dass seine Leiche nach Padua geführt werden sollte (wie
diess zb. mit der Leiche des berühmten Abrabanel der Fall
war) und in der That entdeckte mein Sohn Philoxenus
die Grabsteininschrift dieses Abraham mit dem Datum
5343 ך למנחם השמן mit dem Titel: Morenu rabenu.

9. October 1584 Leo Luzzatto, bei 70 Jahre alt.

10. Nov. 1585 Leo Luzzatto, 80 Jahre alt.

25. Febr. 1586, Giustina Luzzatto 60 Jahre alt.

13. April 1587, Jacob Luzzatto bei 60 Jahre alt.

27. Mai 1589, Abraham Luzzatto bei 20 Jahre alt.

7. Juni 1594 Ricca, Frau Leon Luzzatto's, 70 Jahre
alt.

24. März 1596 Bella Donna, Frau des Rabbiners
Samuel 88 Jahre alt.

Und noch viele Kinder mit Namen Luzzatto, die ich
alle der Kürze halber übergehe. 12 Todesfälle im Zeitraum von 36 Jahren (von 1564-1600) berechtigen wol
zu der Annahme, dass die Familie Luzzatto zahlreich
war; aber man ersieht noch ferner daraus, dass sie ein
sittlich-religiöses Leben geführt haben, da von all den
aufgezählten Personen keiner zwischen 20 und 60 starb.

Das Buch *Nahlath Jacob* in Padua 1622 gedruckt, ist
einem gewissen Nehemias Luzzatto, der 1621 gestorben
war, gewidmet und der Verfasser rühmt ihn sehr.

Eva, Tochter Moses Luzzato's, verheirathet sich im
Jahre 1634 mit Jacob, Sohn Salomo Lustro's und bringt
als Mitgift 3000 Dukaten, eine für die damalige Zeit
sehr beträchtliche Summe. Der Ehecontract (Kethuba) mit
der Unterschrift Leo da Modena's ist *in meinem Besitze.*

Den 2 Bänden Briefen von **Leo** da Modena, die zum theil Autographen sind und in Venedig von meinem Freunde, dem Rabbiner S. Olper, entdeckt wurden, habe ich folgende auf die Familie Luzzatto Bezug habende Notizen entnommen Im Jahre 1597 hatte Leo da Modena unter seinen Schülern ein Kind mit Namen Abraham Luzzatto. Im Jahre 1603 erwähnt Leo da Modena in einem im Namen der Rabbinen von Venedig an die israelitische Gemeinde in Triest gerichteten Schreiben, einen Abraham Luzzatto, Sohn Salomo's, als einen Ehrenmann, der mit einem anderen zur Testamentsvollstreckung gebeten wird. In demselben Jahre bittet ein gewisser Meyer Luzzatto durch Vermittlung Leon da Modenas, Archivolti, den Rabbiner von Padua, dass es dem Rabbiner Eleazar Rizza gestattet sei seinen Wohnsitz von Padua nach Venedig verlegen zu dürfen, da er sich durch diese Veränderung grosse Vortheile für die Erziehung seiner Kinder verspricht. In einem Verzeichniss seiner Zöglinge nennt Leo da Modena Benedetto Luzzatto *Chacham Hacollel* (einen umfassenden Gelehrten).

Das Buch „Porto astronomico" von Emanuel Porto, gedruckt Padua 1636, enthält ein italienisches Sonett von B. Luzzatto: Rabbi ebreo studenti di Padua zum Lobe des Verfassers. Dieser Porto ist der gelehrte Rabbiner Menahem Zijon Cohen Rapo Port, Verf. des Buches Over lassocher (Venedig 162—7). So waren schon *vor* 200 Jahren ein Luzzatto aus Padua und ein Rappoport durch die Bande gegenseitiger Achtung und Freundschaft verbunden.

Benedetto Luzzatto vermittelte dem Leo da Modena die Bekanntschaft mit dem berühmten Giovanni Veslingio, Professor der Anatomie in Padua.

Im Jahre 1640 schrieb Modena an Veslingio, dass er den B. Luzzatto berauftragte, anzufragen, ob er die Widmung einer neuen Ausgabe seines Buches angenommen; dass aber, als er zu seinem grossen Schmerze vernommen, dass eben dieser L. trübsinnig und zu jeden Verkehre untauglich sei, er nun selbst schreiben müsste.

In der That war der Wiederabdruck des Galut Jehuda von Modena dem Veslingio gewidmet und in der Widmung findet man, dass dieser berühmte Anatom und Botaniker ein Kenner der hebräischen Sprache war.

Die Hypochondrie Luzzatto's scheint jedoch vorübergehend gewesen zu sein, weil wir ihn im Jahre 1662 als Prediger in Venedig finden, wie man aus der Vorrede von Ed Turim (nicht Arba Turim) entnimmt. Aus diesem Werke ersieht man auch, dass der oben erwähnte M. C. Porto dort Lehrer an der Talmud Thora war. Im Jahre 1669 war Benedetto Luzzatto in Padua. Isak Chajjim Cantarini, Rabbiner und Doctor der Medicin, erwähnt ihn in seinem Werke Pachad Jizchak unter den Rabbinern in Padua, und bei der Gelegenheit eines Cyclus von Talmudstudien schrieb er ein Sonnet zur seiner Ehre und der von Salomon Marini; die letzten Worte lauten wie folgt:

Benedetto, das grosse (Licht) der Wissenschaft, der bereitet und wirken liess (auf uns) den Glanz (seiner) Sonne ברוך גדול דעה הבין ופעל וזהרי חמה

Bei derselben Gelegenheit veröffentlichte Cantarini ein grösseres Gedicht unter dem Titel Pi sefarim, woraus man das Jahr der Feierlichkeit ersieht. Das Sonnett blieb unedirt und wurde der Vergessenheit durch die Bemühungen des gelehrten Rabbiners M. S. Ghirondi entrissen.

Bei der Hazkaroth Neschamot wird dieser Benedetto Luzzatto noch heute unter den verdientesten Rabbinen Padua's erwähnt. Der oben erwähnte Simon, (Simha Luzzatto) Rabbiner in Venedig, weniger bekannt, als er es verdiente, verband mit einer grossen rabbinischen Gelehrsamkeit klassisches Wissen und ein tiefes Verständniss für Politik und Philosophie. Im Jahre 1638 wurde in Venedig seine Rede über den Zustand der Hebräer gedruckt.

Dieses Buch von beinahe 190 Seiten in Octav ist eine Apologie der Ebräer und will den Regierungen und besonders der venetianischen Republik zeigen, wie die Gerechtigkeit und gleichzeitig das Staatsinteresse die Toleranz gegen die Juden und ihren Schutz erfordern.

Es (1) ist in 18 Betrachtungen getheilt, deren erste den Nutzen den Handels bespricht: die vierte zeigt, wie die Juden besonders tüchtig zum Handel: die fünfte, wie die Juden gehorsam und ergeben den Staatsgesetzen; die achte liefert eine umständliche Darstellung der verschiedenen Vortheile, die die venetianische Republik von den Juden zog; die zehnte beweist, dass der den Juden angediehene Schutz eine ehrenvolle That; die eilfte sagt, wie schwer es sei, die Sitten der Juden im Allgemeinen zu bestimmen, und dass man deren Vergehungen leicht hindern könne; die zwölfte prüft und widerlegt die Angriffe, welche gegen die Juden von drei Classen Leuten

---

(1) Von hier ab veröffentliche ich die von J. Busch im Jahrbuche von 1848 sich befindende Übersetzung; da Herr Dr. J. Luzzato so freundlich war mir dieses Jahrbuch zu überlassen.

**Die Redaction.**

gemacht werden; die dreizehnte weist nach, dass 'das mosaische Gesetz *allgemeine Menschenliebe* gebietet; die vierzehnte, dass es den Juden, obschon ihr Glaube von dem aller andern Völker verschieden war, dennoch nicht gestattet gewesen, mit ihren Nachbaren um der Religion willen Krieg zu führen. Die fünfzehnte beleuchtet die Irrthümer des Tacitus in Betreff der Juden; die sechszehnte handelt von den verschiedenen Klassen jüdischer Gelehrten, deren er drei unterscheidet: die der Rabbiner und Talmudisten, die der philosophirenden Theologen und die der Kabbalisten; die siebzehnte erläutert die politischen Ursachen der verschiedenen Behandlungsweise, welche den Juden in den verschiedenen Ländern wiederfährt; die achtzehnte endlich enthält statistische Notizen über die Juden vieler Länder und schliesst mit folgenden Worten: „Das ist, was ich in Betreff dieser Nation zu „sagen mich erinnerte, und so weit es im Interesse der „Fürsten und Völker, welche sie bergen, und vorzüglich „der venetianischen Republik, die sie mit so vielem „Wohlwollen in ihre Staaten aufnimmt und mit der ihr „eigenen Gerechtigkeit und Güte beschützt; die in jeder „ihrer Handlungen ihren Abscheu gegen jene ungerechte „und unmenschliche Maxime des ruchlosen Ministers „Photinus bezeugt, die er vor dem jungen, unerfahrenen König Ptolemäus geäussert, wie Lucan sang (2):

---

(2) Nur Strafe folgt der weltgepries'nen Treue,
Die den erhebt, wen Schicksal hat gebeugt.
D'rum wie die Götter handle und das Fatum;
Des Glückes Günstling nur verehre; meide
Scheu, wen der Kummer drückt. Unvereinbar
Wie Himmel mit der Erd' und Fluth mit Gluth,
Ist unser Nutzen mit der Rechtlichkeit.          Lucanus.

*„Dat pœnas laudata fides, cum sustinet, inquit.*
*„Quos fortuna premit. Fatis accede, Deisque,*
*„Et cole felices, miseros fuge. Sidera terra*
*„Ut distant, et flamma mari, sic utile recto.*

„welcher Spruch die Verrätherei gegen den grössten
„Krieger jenes Jahrhunderts, die Ermordung nämlich
„des grossen Pompejus hervorbrachte; denn mit seiner
„Enthauptung wurde die römische Freiheit erwürgt, und
„dem, der einen so verruchten Ausspruch bewilligte, ein
„Denkmal ewiger Schande errichtet. Aber die erleuchtete
„Republik gehorcht immer der mahnenden Weissagung,
„die ein hochweiser Vater dem frommen Sohne gab,
„(wie Virgil es erdichtete) und die dann die Grösse
„und den Ruhm des römischen Volkes erzeugte: und
„sie wird vielleicht eines Tages, durch die Güte des
„Himmels, als Erbin ihrer Tugenden, auch die ihrer
„*Siege* sein“.

*„Tu regere imperio populos, Romane, memento:*
*Hae tibi erunt artes, pacisque imponere morem,*
*Parcere subjectis, et debellare superbos“* (1).

Die letzten drei Betrachtungen unseres Simon Luzzatto
wurden von Wolf in's Lateinische übersetzt. *(Wolfius
Bibliotheca hebraea Tom. IV. pay. 1115—1135.)*

Im Jahre 1651, (nicht 1613, wie Wolf und de Rossi haben,)
veröffentlichte unser Autor ein anderes italienisches Werk
in Venedig, betitelt: „*Sokrates* oder vom menschlichen
Wissen." Es ist ungefähr 320 Seiten stark, gewidmet
dem Dogen und Senat von Venedig. In einem leicht-
fasslichen Stile, aber dabei doch voll Gelehrsamkeit und

---

(1) Mit Herrscherwürde Völker zu regieren
　　Sei dein gerechtes Streben. Schaffe Eintracht;
　　Den Unterworfnen Schonung; lehr' den Stolzen Demuth.
　　　　　　　　　　　　　　　　　　　Virgil.

Philosophie sucht der Verfasser die Schwäche des menschlichen Verstandes und die Ungewissheit der philosophischen Meinungen nachzuweisen. Er erdichtet, dass in Delphi eine Akademie sich gebildet hatte, deren Beruf die Reform des menschlichen Wissens sei. Diese Akademie empfängt eine Bittschrift von der Vernunft, welche aus dem Gefängnisse, in dem sie eingekerkert ist, sich über den Druck beschwert, den sie durch die menschliche Autorität erleidet. Pythagoras und Aristoteles halten Reden zur Vertheidigung der Autorität, behauptend, dass die Vernunft, ihrer eigenen Willkür überlassen, die Verstandeswelt mit ungeheuern Irrthümern erfüllt habe, daher es nöthig sei, die Geister zu zügeln, und dass sie sich der Meinung derjenigen fügen, die durch ihre hohe Einsicht sich die allgemeine Achtung erworben. Allein die Akademie billigte nicht das Votum des Aristoteles, sondern entschied, dass zur Bewerkstelligung der Reform, für welche sie gestiftet worden, die Vernunft völlig in Freiheit zu setzen sei und die menschliche Autorität all ihrer Vorrechte entsetzt werde. Nachdem nun die Geister in Freiheit gesetzt worden, wird eine Klage gegen Socrates geführt, den man des Versuchs eines Umsturzes der menschlichen Wissenschaften beschuldigt. Die Akademie unterrichtet den Sokrates von der Anklage und fordert ihn auf sich zu rechtfertigen; der grösste Theil des Buches enthält nun die von ihm ausgesprochene Vertheidigung. Einige Akademiker waren, nachdem sie diese angehört hatten, der Meinung, Sokrates freizusprechen, ja ihn zu belohnen und irgend eine öffentliche Ehrenbezeugung ihm angedeihen zu lassen; andere meinten, man solle ihn verdammen. Aber Plato's Votum, das Urtheil zu verschieben und sich eines bestimmten Ausspruches zu enthalten, war das vorherrschende.

Ich müsste zu weitläufig werden, wollte ich einen Auszug dieses Werkes geben; ich werde nur das sagen,
was ich über die Tendenz und den Zweck des Verfassers
denke. Es war das Jahrhundert des Cartesius. Die
Autorität des Aristoteles war erschüttert, die Scholastik
die sich beflissen hatte, die Philosophie mit der Theologie
zu vereinen, war geringgeschätzt, die Systeme der alten
griechischen Philosophen kamen wieder in Schwung, die
heilsamsten Glaubenssätze drohten unterzugehn. Unser
Simon Luzzatto, ein sehr gelehrter Philosoph, und zugleich ein frommer Mann, fand es für den Glauben er-
spriesslich und dem gesellschaftlichen Wohle förderlich,
die Unsicherheit der menschlichen Spekulationen in helles
Licht zu setzen, nicht um die Menschen zum Skeptizismus
zu führen, sondern um die Keckheit der Afterphilosophen
zu demüthigen, und den Gläubigen die Waffen gegen
ihre Angriffe zu geben

Er selbst drückt sich folgender Massen aus: (S. 1)

„Das vorgesetzte Ziel dieser Arbeit ist nicht die
„Vertheidigung der trägen sich blähenden Unwissenheit,
„welche voll Eigendünkel ist und auf's Geradewohl sich
„leitet, sondern der schüchternen, bescheidenen, welche
„sich nicht verwegen etwas anmasst, das ihr nicht gehört.
„Sokrates bekämpft das *menschliche* Wissen — nicht
„das eingegebene, von einem höhern Geiste offenbarte
„und aus dieser Abhandlung ergibt sich, dass wir — die
Schwäche unseres angeborenen Verstandes erkennend —
„uns den Aussprüchen und dem Zeugnisse der heiligen
„Schriften anschmiegen sollen.“

Wenn sich unser Simon als philosophischer Schriftsteller fromm zeigte, zeigte er sich in der Ausübung
seines Rabbineramtes als Philosoph und frei von Fa-
natismus. Er schrieb einen langen *Pessak,* worin er be-

hauptet, dass das Herumfahren in Venedig auf Gondeln
am Sabbattage, talmudisch erlaubt ist. Als er seine Schrift
dem engen Rathe (Ausschuss) (וַעַד קָטָן) der israelitischen Gemeinde in Venedig vorlegte, lobte dieser, nach
Berathung mit den andern Rabbinern, die Arbeit, entschied
jedoch, dass es nicht eben klug wäre eine Sache für
erlaubt zu erklären, welche vom Volke als gesetzlich verboten betrachtet wird, und verbot auch die Veröffentlichung dieser Schrift (¹). — Wir haben schon gesehen,
dass im Jahre 1662 Simon Luzzatto noch Rabbiner in
Venedig war.

Die Stadt Venedig, vermuthlich der erste Sitz der Luzzattos, hatte durch mehrere Jahrhunderte eine Synagoge
die Luzzatto-Schule genannt, welche ohne Zweifel von
den alten Luzzattos, in einem Hause, das ihnen gehörte
gegründet wurde. Dieses, wie vereshiedene andere
Häuser des Ghetto in Venedig, wurde in den letzten
Jahren abgetragen, da es Einsturz drohte. Die alten
Besucher dieses Gotteshauses verlegten dieses nun in
ein anderes Gebäude, behielten jedoch den Namen
קָהָל קָדוֹשׁ לוצאטי bei.

Hochberühmt ist *Mose Chajim* Luzzatto aus Padua, geboren daselbst 1707, gest. im gelobten Lande im Jahre
1747, dessen sehr gediegene und ausführliche Biographie

---

(¹) Diese werthvolle Nachricht wurde uns durch den ver-
dienstvollen Rabbiner und Arzt Isak Lampronti in seinem פַּחַד
יִצְחָק Artikel סְפִינָת aufbewahrt. Dieser Artikel gehört zu
jenem Theil des Werkes, welcher noch nicht erschienen. Der
verstorbene Rabbiner Daniel Terni welcher das Manuscript des
פַּחַד יִצְחָק in Händen hatte, schöpfte diese Notiz daraus, und
veröffentlichte sie in seinem עֲקָב הב״ט (Florenz 1803) Vol. 1.
Fol. 52.

von meinem Freunde, Herrn Giuseppe Almanzi, im Kerem
Chemed (3. Band S. 112—169) sehr lesenswerth. (²)

Dieser ausserordentliche Mann, in einer unglücklichen
Zeit geboren, da die Trefflichkeit seines Geistes nicht
gewürdigt werden konnte, war der Wiederhersteller des
guten Geschmacks in den schönen Wissenschaften der
Ebräer, und der Erste, der das Wortspiel verbannte, das
damals sehr beliebt war, und in Prosa und Versen so
schrieb, dass man es wörtlich in andere Sprachen übersetzen konnte. Kaum 17 Jahre alt, gab er seinen
לִמּוּדִים לִשׁוֹן heraus, eine Abhandlung über Rhetorik
mit den technischen Ausdrücken auf Hebräisch, Latein
und Italienisch und mit den Beispielen zum Theil aus
der heiligen Schrift. zum Theil aus seiner eigenen Erfindung.

Der Geschmack und der gesunde Verstand, den er
sowohl in diesem Werke, das er im ersten Jünglings-
alter verfasste, als in seinen letzten Schriften offenbarte,
so wie jene Rechtlichkeit, jenes tiefe moralische Gefühl,
welches alle seine Werke athmen, hindern mich ihn für
einen Fanatiker, einen Schwärmer oder einen Betrüger
zu halten, wie so viele es glaubten. (³)

---

(²) Eine deutsche Bearbeitung derselben befindet sich in
Jost's Annalen, 1. Jahrgang (1839) Nr. 4. Der Rabbiner Mose Te-
deschi veröffentlichte neulich einen grösseren Auszug im Vessillo
isr. Ich besitze viele Anmerkungen hiezu von Almanzis eigener
Hand. J. L.
Im Jahre 1878 veröffentlichte ein Zögling des Breslauer jüd. theol.
Seminars S. Isaacs eine Biographie M. Ch. Luzzatto's unter dem
Titel: A. modern hebrew Poet.The life and writings of Moses Chaim
Luzzatto. New. York. 1878. M. G.

(³) Das von ihm verfasste Statut der in seinem Hause sich
versammelnden cabbalistischen Academie, schon dem Almanzi von
Schorr in Brody mitgetheilt. ist jetzt bei mir und beweist dass
jene kleine Gesellschaft von den reinsten Absichten beseelt war
J. L.

Ich vermuthe vielmehr, dass dieses leuchtende und fruchtbare Genie sich zum Reformator des Mystizismus, der damals unter seinen Glaubensgenossen herrschte, erhoben habe, und sich vornahm, ihn in ein neues System umzugestalten, das mit der Vernunft und der Religion übereinstimmend sei. Die Methode aller früheren Reformen im Innern des Judenthums befolgend, welche war: nicht mit dem Alten zu kämpfen, sondern das Neue als Beleuchtung des Alten darzustellen, gab Mose Chajim den an und für sich sehr dunklen und unverständlichen kabbalistischen Lehren eine ganz neue Deutung, vermöge welcher man Kabbalist sein kann, ohne dem gesunden Verstand noch einer richtigen Metapysik zu entsagen, und ohne Glaubenssätze zu bekennen, von denen der Bekenner selbst kein klares Verständniss hat. Ich habe nur wenig von seinen kabbalistischen Schriften gelesen: aber ich hatte einen sehr verständigen Freund, der den קל"ה פתחי חכמה unseres Autors gut studirt hatte und von dem darin aufgestellten Systeme innig überzeugt war und meinte, dass dieses der ächte und einzige Sinn unserer mystischen Bücher wäre.

Die höheren Eingebungen endlich, welche Mose Chajim sich zuschrieb, wenn sie anders alle ein Werk der Verstellung waren, zielten wenigstens auf einen edlen Zweck den, eine Reform in Aufnahme zu bringen, welche er für nützlich und nothwendig hielt.

Aber es ist nun Zeit, dass wir die Luzzattos von Venedig und Padua verlassen, und zu jenen von San Daniel im Friaul übergehen.

Zwei Brüder, Benedikt und Abraham, Söhne von *Iseppo* (Joseph) zogen um das Jahr 1600 nach San Daniel; ich weiss nicht mit Gewissheit, woher sie kamen, vermuthe jedoch, dass sie aus Venedig waren; um so mehr als der Name *Iseppo* für Giuseppe dem *venetianischen* Dialekte eigen ist.

*Benedikt* und *Abraham* breiteten sich in San Daniel sehr aus, besonders der erstere, von dem *meine* Familie abstammt. Der andere Bruder, Abraham hat wenige Nachkommen in Triest und einige in Rovigo.

*Salomon*, ein Urenkel Abraham Luzzatto's, begab sich 1779 nach Triest, er hatte sechs Söhne, deren einer, Namens Isak, im Handel glücklich war, und zugleich die hebräische Poesie liebte: und der ältere, Namens Abraham zum Christenthume übertrat und in Padua unter dem Namen „*Padre Luigi Pasquali*" lebt. Er ist Verfasser mehrer wissenschaftlicher Werke.

Ein *Joseph Moses*, Sohn von Salvador (ישיבע) Abram der in Görz lebte, stammt wahrscheinlich von den Luzzattos aus Rovigo ab. Ich meine jenen Moses L., welcher bis nach Berlin reiste und dort die Bekanntschaft Mendelssohn's machte, der in seinen Briefen an Herz Homberg sehr ehrenvoll desselben erwähnte; er nennt ihn in seinem Briefe (vom 14. Juni 1783): den rechschaffenen Luzzatto, und sagt in einem anderen (von 27. Jänner 1783): Der Franzose berief sich immer auf seine französische Lectüre, und Luzzatto auf seinen gesunden Menschenverstand. Dieser Moses verlor im Alter das Augenlicht und um einen herzlichen Beistand zu haben, heirathete er eine Schwester meines Vaters, eine Wittwe mit zwei Kindern; aber einige Tage nach der Hochzeit starb sie plötzlich. Er starb im Herbst 1816 (12. השיון 5577) 75 Jahre alt in Görz. —

Benedikt (Benetto), den ich *Benedikt* den *älteren* nennen will, hatte sieben Söhne. Einer Namens Isak, war Vater des *Donà* (Nathan) und dieser, Vater des

Marco (Mordehai) der durch seine, mit vielen Noten bereicherte Uebersetzung des Werkes *Fortaleza del Judaismo,* aus dem Spanischen des Abraham Gher aus Cordova (¹), bekannt ist. Diese so wie all seine andern Arbeiten blieben ungedruckt. Er übersetzte in's Italienische den Conciliador von Menasse ben Israel, den חזוק אמונה und das Sidur; am Rande einer Bibel und eines Betbuches (welche jetzt in Görtz) schrieb er exegetische Noten. Ich besitze die Hälfte seiner Uebersetzung des חזוק אמונה, ein von ihm verfasstes, kleines hebräisch-italienisches Wörterbuch; zwei Kinoth von ihm die eine für seinen eignen Bruder, Namens Isak, der im Alter von 25 Jahren (1736) meuchlings ermordet wurde, die andere auf den Tod des Triester Rabbiners, Moses Formiggini (1788) und verschiedene andere seine Papiere. Geboren um 1720 in San Daniel lebte unser Marcus einige Jahre in Görz, wo er im Jahre 1753 die Uebersetzung des Fortaleza unternahm, und wo sich einige seiner Trauergedichte erhalten haben. Dann übersiedelte er nach Triest, wo er durch mehrere Jahre Lehrer in der Talmud Tora war, welches in Folge eines Dekretes des unsterblichen Joseph II. gestiftet wurde, nach dem von Hartwig Wessely in seinen מכתבים vorgelegten Plane. In diesem Amte hatte er zu Collegen, die beiden Rabbiner, Raphael Nathan Tedesco und Vital (יחיאל) Benjamin Segré, Vater meines Schwiegervaters. Er weigerte sich standhaft den Titel חכם, der ihm angeboten wurde, anzunehmen. Er war ein Freund Herz Hombergs, welcher ihm das Exemplar des אור לנתיבה.

---

(¹) Siehe De Rossi: Wörterbuch der hebr. Schriftsteller, Artickel Luzzatto.

das Mendelssohn ihm mit der Post geschickt hatte, und das jetzt im meinem Händen ist, zum Geschenk machte. Er, Marco L., stellte auch den genealogischen Stammbaum der Luzzatto aus San Daniel zusammen, welcher, gleichsam als Ariadnischer Faden, mir zum Führer dient in dem Labyrinth der zahlreichen Nachkommenschaft der Luzzatto. Im Jahre 1799 starb Marco, ein 80jähriger Greis, in Triest (²)

Ein anderer der sieben Brüder, Namens *Raphael* (den wir Raphael den Aeltern nennen wollen) war der Vater Isak's, welcher Arzt war und acht Söhne hatte, deren einer, Raphael der Jüngere im Jahre 1717 in Padua promovirte und jung starb. Von den drei Söhnen, welche er hinterliess, waren zwei Aerzte und Dichter. Der Eine, *Ephraim*, geb. 1729, ist der Verfasser des בני הנעורים (dreimal gedruckt); er lebte 30 Jahre in London und als er in sein Vaterland zurückkehren wollte, starb er in Lausanne A. 1792 (¹) wohin er sich begeben hatte, um den berühmten Tissot zu consultiren. Der andere, *Isak*, war 1730 geboren, hatte 1751 promovirt und starb in der Heimath 1803. Er hinterliess einen Band unedirter Gedichte, betitelt תלדות יצחק. Im Sommer 1779 begab er sich nach Wien, um von der Kaiserin Maria Theresia für seine, aus der venetianischen Republik vertriebenen Mitbrüder die Er-

---

(²) Diess erhellt aus seiner Grabschrift, welche mein Philoxenes daselbst gefunden und kopirt hat.

(¹) Im *Israelite français* (Tom. 1. pag. 265) steht 1793. Ich besitze jedoch einen Brief des Dr. Isak, von ערב צום כפיר התנ"ב datirt, worin er sagte, dass er einen Brief von Tissot erhalten mit der Nachricht vom Tode des Bruders. Dieser muss daher schon 1792 gestorben sein.

laubniss zu erlangen, sich in den österreichischen Dörfern etabliren zu können, wo viele derselben sich auch
in der That niederliessen. Er gieng dahin, mit einem
Empfehlungsschreiben des früher erwähnten Rabbiners
Marco, welcher ihn an Herrn Moses *Hönig* (²) empfahl,
der sich wahrscheinlich auf Anstiften seines durch
Reichtum, glänzende Eigenschaften und Religiösität
angesehenen Schwiegersohn's Herrn Philipp Cohen aus
Triest schon früher erboten hatte, denjenigen, der
von den Juden aus San Daniel abgesendet würde,
um für sie beim Wiener Hofe sich zu verwenden,
in sein Haus aufzunehmen, anzuweisen und zu
unterstützen.

Dr. Isak übersetzte in hebräische Verse eine Canzonette
Metastasio's *(La liberta a Nice)* nachdem er diesen be-
sucht hatte; und mit seiner Hand geschrieben stehen folgende Worte an der Spitze dieser Uebersetzung, die er
auf Metastasios Wunsch gemacht hatte:

העתתקיה במצות המשורר הקיסרי כמ"ר
מטטזייאו.

Es ist das erste Mal, dass ich den Titel כמ"ר (d. i.
כבוד מעלת רבי) einem Nichtisraeliten beigelegt fand.
Dr. Isak war ein Mann von trefflichem moralischen Charakter; er hatte früher einen Sohn, Namens *Benetto*,
und eine Tochter, *Anna*, der ich die Grabschrift machte
(S. 23. כנור נעום); dann ward er Wittwer und heirathete meines Vaters Schwester, und hatte von ihr den
Dr. Raphael, promovirt im Jahre 1797, der in Görz lebte
und dort starb; dieser war der Vater des Dr. Isak (im

---

(²) Nachmals *Edler von Hönigshof*, Bruder des Israel Edlen
von Hönigsberg.

Jahre 1836 promovirt) der in Triest lebt, der Gattin des Rabbiners Ghirondi, Namens Tamar, und anderer ehrenwerther Kinder beiderlei Geschlechts.

Der oben genannte Benetto, Sohn des Dr. Isak, heirathete eine andere Schwester meines Vaters, Namens Benetta (ברכה) und zeugte mit ihr einen Sohn und zwei Töchter, die ältere, Rahel Morpurgo, als ein, besonders in diesem Jahrhundert sehr seltenes Beispiel bekannt ist, nämlich als eine in hebräischen Wissenschaften gelehrte Frau und Verfasserin schätzenswerter hebräischer Verse.

Dr. Isak war der einzige Israelite, dem auf Bitten der Bevölkerung 1777 von der venetianischen Republik noch erlaubt war, in San Daniel zu bleiben, wo noch immer zwei seiner Töchter mit den ihnen Angehörigen leben.

Ein Bruder Raphael's des jüngern hiess Jakob und war um das J. 1750 Rabbiner in Triest, wo er 1762 starb sein Sohn Mandolin (Mendel מנחם) war mein Mohel.

Ein anderer Bruder war Rabbi Anselmo (אשר) der in der Heimath die Funktionen als Rabbiner סופר שוחט ובודק חזן und גבאי unentgeldlich versah; er hatte einen Sohn, Namens Benetto, von dem ein Sohn, Isak, mit seiner Familie in Udine lebt. Ich besitze ein hebräisches Büchlein von diesem R. Anselmo, hundert exegetische Bemerkungen im Geschmack der alten Prediger enthaltend, welches er A. 1735, als er noch Schüler seines Bruders R. Jakob war, geschrieben hatte, und einige Memoiren aus verschiedenen Zeiten bis zum Jahre 1783.

Von Raphael dem ältern stammt Leon Luzzatto ab, den Cremieux zum Lehrer der neuen Schule in Egypten einsetzte, so wie auch dessen Bruder, Benedikt der als Alcide (Athlete) ferne Länder durchreiste und nun in Jassy ansässig ist. Diese Beiden und ihre Brüder, die in Triest leben, sind in Gradiska unweit Görz geboren.

Ein anderer der sieben Söhne Benetto's des ältern war Simon, Vater Iseppo's, der sich in Görz niederliess. Iseppo war der der Vater von Samuel L. der sich in Eisenstadt einbürgerte, und Samuel Luzzatto der jetzt in Pressburg lebt, ist vermuthlich dessen Enkel.

Ein anderer Sohn Benetto's des ältern, war Iseppo, Vater Benetto's des jüngern, der *Fette* genannt, der mein Ururgrossvater war.

A. 1652 erwarb Benetto der jüngere ein Haus in San Daniel. Das Instrument diesesKaufes ist das ältesteDokument, das ich von meinen Ahnen besitze.

Benetto der jüngere hatte drei Söhne: Iseppo, Salvator (יהושע) und David: der erste war Goldarbeiter, und zugleich ein gelehrter Mann. ich besitze eine Abhandlung über Arithmetik in italienischer Sprache, in seiner eigenen Handschrift, und eine Abschrift seines לוח מאמרי התלמוד (Talmudische Blumenlese) wie auch einige Randglossen zum עין יעקוב und eine Uebersetzung der אקדמות מלין in italienischen Reimen. Er starb kinderlos. Salvator etablirte sich in Spielenberg (ein Ländchen im Friaul) und im Jahre 1716 war er seinem Bruder David circa 140 fl. für ihm geliehenes Geld schuldig. Dieser David handelte mit Getreide und Produkten und erwarb 1714 ein Haus. Am 30. April 1715 zahlte er 69 venetianische Lire (13 fl. 10 Kr. C. M.) Zoll für Seide. Noch am 23. August 1716 lebte er. Aber schon am 30. April 1717 wurde der Zoll für Seide von seiner Witwe Letizia entrichtet. David hatte

zwei Töchter: Bellafior, die zum Christenthum übergieng und auch das Vaterland verliess und Lea,
welche sich 1724 mit Moses, einem Sohne Bonajuto
Sullams aus Latisana (ebenfalls im Friaul) vermählte;
dann einen Sohn *Benetto, mein Grossvater*, geboren im
December 1713. Als er sich 1737 in Venedig aufhielt,
sah er zufällig eine dort verheirathete veronesische Frau,
welche die Psalmen sehr korrekt recitirte, und er sprach:
Wenn ich ein Mädchen fände, das sie eben so gut auswendig kennt, würde ich sie zur Frau nehmen.

Jene Frau antwortete: Nun, ich habe eine Schwester,
die sie besser hersagen kann als ich. Am darauffolgenden 27. Feb. 1738 stipulirte Benetto in Venedig die
Ehepakten mit Rahel, Tochter des damals schon verstorbenen Rabbi Anselm Isaak Grego von Verona, mit
einer Mitgift von 1100 Ducaten. Die Braut war schön,
sang trefflich תהלים und besass alle Tugenden einer
guten und wackern Gattin; aber die versprochene Mitgift fehlte. Letizia verlangte, dass er seine Braut ver-
lasse; Benetto aber wollte nicht, und zog sich durch
diese Heirath den Hass der Mutter zu, welche in Folge
mir unbekannter Umstände die eigene Mitgift von 2000
Dukaten, (welche damals, da der Familienvater schon
30 Jahre todt war, fast das ganze Vermögen ausmachten,)
ihrer Tochterstochter Benvenuta Sullam schenkte, und
liess so Benetto in grösster Noth. Benetto trug, unterstützt von dem besten Weibe, muthig sein Unglück,
und da sie mit der grössten Kargheit lebten, er theils als
Kinderlehrer beschäftigt, theils mit alten Kleidern, Eisen-
zeug und Holz handelnd, und *sie*, später auch die Tochter
mit Seidezupfen, Spinnen und andern weiblichen Arbeiten
unermüdlich fleissig waren, erhielten sie ihre Familie
ehrenvoll, und erübrigten noch.

Seine Rechtlichkeit war so bewährt, dass ein Christ, der ihn kannte, zu ihm ging, als er sich eine Kuh kaufen musste, damit er sie ihm versorge; und als Benetto ihm erklärte, dass er nie mit Vieh gehandelt habe und ihn daher nicht dienen könne, antwortete ihm der andere: Alle Geschäfte, die ich durch Ihre Vermittlung gemacht habe, sind mir geglückt, und so will ich das Thier, dass ich jetzt brauche von keinem Andern als Ihnen kaufen; drum kaufen Sie eine Kuh und dann verkaufen Sie sie mir. Und Benetto, zwar in Verlegenheit doch im Vertrauen auf die Vorsehung, handelte um dem Freunde zu dienen, mit einem Artikel, den er nicht kannte.

Rahel hate 17 Geburten, von denen jedoch nur *zwei* männliche und *vier* weibliche Kinder lebten. Von dreien dieser Töchter war schon die Rede Die Erstgeborne. Namens *Consola* (נחמה) vermählte sich nicht, sondern war unablässig bemüht den Aeltern und Geschwistern beizustehen: in der Jugend unterzog sie sich den niedrigsten und mühevollsten Arbeiten zur Erleichterung der gemeinsamen Dürftigkeit.

Als einst Benvenuta Sullam dieselbe zu deren Gunsten die alte Letizia den Sohn Benetto in Noth und Armuth versetzt hatte, auch in Elend gestürzt war, und sie und ihr Sohn von einer bösen Krankheit befallen darniederlagen, fand sie in der Cousine Consola eine liebevolle Stütze und Krakenwärterin, die nicht Mühe und nicht Nachtwachen scheute, bis sie genesen waren. — Consola war nicht nur in weiblichen Arbeiten, sie war auch in hebräischen Wissenschaften, darin sie ihr Vater unterrichtete, weit vorgerückt, ja sie verstand sogar den Talmud. Im Januar 1806 starb sie 65 Jahre alt, nachdem sie durch 20 Jahre an einer Schwäche gelitten, die ihr weder zu gehen, noch aufrecht zu stehen erlaubte, sondern sie ungeheuer verkrümmte, so dass sie das Antlitz nur eine Elle über der Erde trug.

Das Leben dieses Weibes mag eine unverständliche Seite scheinen, im Buche der Gottesgerechtigkeit. Doch so schien es ihr selber nicht, die mit frommer Ergebung das lange Leiden ertrug; noch dachte so ihre Familie, die sich an ihrem heiligen Beispiele gestärkt und erbaut fühlte.

Ja, wenn sich die göttliche Gerechtigkeit immer offenbar zeigte, verlöre die Tugend all ihrem Werth, denn sie würde aus Berechnung geübt, aus Speculation befolgt.

Aber der tiefer Forschende wird bald den Trost erkennen, den ein reines Gewissen, von der Achtung und Liebe Aller umgeben, bietet, und wird finden, dass ein solches Bewusstsein inmitten aller physischen Leiden, beneidenswerther sei als das geräuschvolle Glück der Gottlosen, die nur Hass, Verachtung, Gewissensbisse und Furcht umgibt. —

*Die* beiden Söhne hiessen David und Ezechia.

*David* hatte sich frühzeitig nach Triest begeben, lernte dort das Drechslerhandwerk, worin er Vorzügliches leistete auch in anderen Künsten war er geschickt und malte recht hübsch. Auch er war eine Zeit lang Kinderlehrer und noch mit 40 Jahren begann er die hebräische Grammatik zu studiren, worin er beim Rabbiner Vital (יחיאל) Benjamin Segré, dem Vater meines Schwiegervaters, Unterricht nahm. Er starb im August 1806, 60 Jahre alt, an Wassersucht; und hinterliess den Ruf eines genialen Menschen.

*Ezechia* war mein Vater

Die Juden hatten in den Staaten der venetianischen Republik keinen stabilen Aufenthalt, aber sie wohnten da Kraft eines Dekretes, *Condotta* genannt, das auf 10 Jahre galt und mit jedem Jahrzehend erneuert wurde.

Im Jahre 1777 wurde die neue Condotta veröffentlicht, aus 96 Kapiteln (oder Paragraphen auf 40 Seiten in Quart) bestehend. Im 83. Kapitel wird den Juden das Wohnen in jedem Dorfe des Staates verboten; wofern der Senat nicht eine besondere Erlaubniss dazu ertheilt hätte. Die jüdische Gemeinde in San Daniel, (gleichwie die andern, welche in verschiedenen Dörfern der venetianischen Provinzen wohnten,) löste sich dadurch auf, ganze Familien befanden sich ohne Zufluchtsstätte und viele ohne die nöthigsten Mittel zu ihrer Erhaltung. Es war ein grosses Glück für jene Unglücklichen, dass sie einen Patrioten in Triest hatten, den schon oben genannten R. Marco Luzzatto, der das Mitleid der Triestiner zu ihren Gunsten anregte, und von mehreren grossmüthigen Reichen dieser Stadt unterstützt, seine armen Mitbrüder auch mehreren andern jüdischen Gemeinden auf das wärmste empfahl. Ich besitze die Skizzen von vier hebräischen Briefen, welche er in dieser Angelegenheit schrieb. Der erste vom 15. Tebeth 5538 (4. Jänner 1778) an den Vorstand der Gemeinde Venedig's, welchen er bittet, dass sie Geldunterstützung den armen Verbannten senden möchten, wobei er das Beispiel der Triestiner anführt, welche schon ihre grossherzigen Beiträge geschickt hatten. Es ist darin der menschenfreundliche reiche Marcus Lewi aus Triest nach Verdienst gelobt, der nicht nur seine Mitbürger zum frommen Werke angeregt hatte, sondern die Unglücklichen auch den Gemeinden von Mantua und Livorno empfohlen.

Der 2. vom 24. Elul 5538 (17. September 1778) ist an die Menschenfreunde der Gemeinde Triest's gerichtet. Die unglücklichen Verbannten erklären darin, dass sie wohl dankbar für die Güte des Markus Lewi, der für sie von Wien die Erlaubniss erlangt hatte, sich in Triest niederzulassen, allein dass sie schwerlich die Miethe für das nöthige Obdach würden bezahlen können, nachdem sie sich in diese Stadt würden begeben haben: und sie bitten daher, die Triestiner möchten noch das Opfer bringen, ihnen Geld zu senden, womit sie bei ihrer Ankunft die Wohnungen miethen können. Eine so unbescheidene Anforderung gereicht dem humanen und grossmüthigen Charakter der Triestiner, an die man sie zu richten wagte, zur grössten Ehre.

Der 3. von 24. Schebat 5539 (11. Februar 1779) ist an die drei Brüder Aghib in Livorno gerichtet, (Moses, Jakob und Isak, Söhne des Salomon Aghib), er enthält den Dank für die von ihnen empfangene grossmüthige Unterstützung.

Der 4. vom 9 Jjar 5539 (25. April 1779) ist nach Wien an *Moses Hönig* gerichtet, und empfiehlt den Doktor Isak Luzzatto, der sich nach der Residenz verfügt hatte, um von der Kaiserin die Erlaubniss für seine Mitbrüder zu erflehen, dass ihnen in jenen Dörfern österreichischer Oberherrschaft, dahin sie sich vorläufig begeben, und drei Monate bleiben durften, auch das *Niederlassungsrecht* ertheilt werde. Ueber den Erfolg dieser Reise des Doktor Isaak ist mir nichts bekannt; soviel jedoch weiss ich, dass die aus San Daniel Vertriebenen sich wirklich alle in Triest, Görz und den nachbarlichen Dorfschaften sesshaft gemacht haben, welche Orte sämmtlich zu Oesterreich gehören; und dass mein Grossvater mit seiner Gattin, zwei Töchtern (die beiden andern waren schon verheirathet) und meinem Vater sich nach Triest begaben, wo schon mein Onkel David wohnte.

Die Juden aus San Daniel bewahren auch immer ein dankvolles Herz für das erhabene Haus Oesterreich, das ihnen eine Zufluchtsstätte gab, und der Rabbiner Anselmo

schrieb am letzten Blatte seiner Memoiren (im Jahre
1783) Segensworte für den Kaiser Joseph II. und seine
Hauptstadt. Einem alten Glauben folgend, dass im
Testamente von Moses jedes künftige Ereigniss angezeigt
sei, bildete R. Anselmo, indem er aus jenem Liede die
Worten הִיא וִישֵׁר צַדִיק als Anfangsbuchstaben gebrauchte, folgende Weissagung über den künftigen Fall
der venetianischen Republik: קֶרֶן יִגְדַע דורות צופה

וִינֵי צִיאָה, יַעֵן שֵׁאַסְרוּ רֶגֵל הַמְלָאכָה וְהַסְחוֹרָה אֵלֵינוּ
Und mit letzten Worten desselben Liedes נֵעֵימָה וִיאֵינָה
בוראנו יִשְׁמְרֵהוּ שֵׁנֵי יוֹסֵף מֶלֶךְ קֶרֶת bildete er folgende Segensspruch über die Stadt Wien und den Kaiser
Joseph II.

------

*Felix qui potuit rerum co-*
*gnoscere causas.*

Nichts kann besser zum Fortschritt der edlen Wissenschaft als die Biographieen beitragen. Damit aber diese
der Wissenschaft nützlich sein können, ist es nöthig,
dass sie mit zwei Eigenschaften ausgestattet werden.
welche sehr oft mangelhaft sind: Die geschichtliche
Wahrheit und der philosophische Reichtum in ausführlichen
Details. Wer das Leben eines Anderen beschreibt, fehlt
oft mit Absicht oder aus Unwissenheit, gegen die Wahrheit.
Wer das *eigene* Leben beschreibt, kann aus Aufrichtigkeit
fehlen, aber der schlechte Wille verräth sich. Er
kann aber aus fehlerhafter Bescheidenheit, oder weil
er die Wichtigkeit der Sachen nicht zu schätzen weiss,
einige Umstände weglassen, welche unbedeutend in sich
selbst, trotzdem reich an Wichtigkeit wären.

Einige auch, um nicht das Gefühl der Bewunderung zu schwächen, welches sie einflössen möchten,
verschweigen gerne die Ursache, welche auf ihre
Entwicklung Einfluss haben. Jedermann trägt sicherlich
irgend etwas Subjectives und Individuelles von *seiner Geburt*
an, in sich; aber Vieles ist sind in uns die Frucht äusserer Umstände und darunter oft auch die wirksamsten
und einflussreichsten, *vielmals* am unbedeutendsten und
unbegreiflichsten.

Ersucht meine Biographie herauszugeben (¹) nehme
ich mein ICH zum Gegenstand der Wissenschaft und
halte es für meine Pflicht nichts zu vernachlässigen,

von den Mitteln, die in meiner Macht sind, um den Gegenstand meiner Untersuchung besser zu erkennen und zu verstehen. Ich schmeichle mir nicht so glücklich zu sein, alle Gründe zu entdecken, die so gemacht sind, dass dieses ICH dasselbe ist und nicht ein Anderes, aber der von mir zum Motto genommene Vers, deutet den Zweck an, auf die alle meine Anstrengungen dieser Arbeit gerichtet sind.

Deshalb werde ich in der Geschichte der ersten Jahre meines Lebens ausführlicher sein, als in jener meiner ganzen Carrière, welche nichts ist und nichts anderes sein wird, als die Frucht des bildenden Keimes in jener ersten Periode (²).

Und da mein Vater überaus grossen Einfluss auf die Bildung meines ICH gehabt hat, hielt ich es für meine Pflicht, nicht aus kindlicher Zuneigung, auch nicht aus schuldiger Erkenntlichkeit allein, sondern für mein gegenwärtiges Amt als Erklärer meines eigenen Lebens, Beispiele der meist genauen Kundgebungen des Charakters und seines Lebens zu geben.

Geboren in San Daniel (ein Oertchen im Friaul) im Anfange des Jahres 1761 am 20. Schebath machte mein Vater religiöse Studien, wie auch das italienische Lesen, Schreiben und die elemantarische Arithmetik unser seinem Vater, seinem *einzigen* Lehrer.

Im Jahre 1776 begab er sich nach Triest, wo er bei seinem Bruder *David* das Drechslerhandwerk lernte und kehrte im darauffolgenden Jahre in seine Heimath zurück und nahm sich das Werkzeug seines erlernten Handwerkes mit.

Vielmehr mit mit melancholischen und conzentrirten Temperament begabt, beschäftigte er sich mit kabbalistischen Studien. Der Rabbiner des Ortes, Rabbi

Anselm Luzzatto, war schlecht informirt, glaubte die Pflicht zu haben seinem Vater aufmerksam zu machen, dass die Engel beschwöre. Der junge L. vertheidigte sich er, indem er folgendes Billet an den Rabbiner schrieb:

למה הבאשת את ריחי
בעיני אדוני אבי
באמור לו כי השבעתי מלאכים
ותדבר עלי כזבים
אם יש לך עדים להביא
אעמוד ויעידו בי

Diess war warscheinlich der erste und fast der einzige poetische Versuch meines Vaters, welcher, ungeachtet der Mahnungen seines Bruders, weder die Grammatik studieren, noch ortographisch schreiben konnte.

Doch bis zu jenem Zeitraume (1777) fühlte er sich geneigt, Autor zu werden. (3)

---

(¹) Isidor Busch, der Herausgeber des Wiener Jahrbuches für Israeliten bat mich inständig das Gefühl von allzugrosser Empfindlichkeit zu überwinden und *sein Jahrbuch mit dem*, was beigetragen einen Geist von so ungeheuren Wissen zu bilden zu bereichern. Doctor Isaia Luzzatto, bewogen von kindlicher Liebe, sammelte mit unermüdlicher Geduld jedes vort um die Autographie seines Vaters aufzuklären. Unter andern Memoiren werden die folgenden Auszüge von den Mittheilungen des herrn Busch nicht ohne Interesse sein: „Wenn Sie Ihre Autobiographie italienisch schreiben werden, so wird es in's Deutsche übersetzt werden. Wennn Sie die *Geschichte* ihrer berühmten alten Familie hinzufügen konnten, um damit das Feld der hebräischen Literatur zu erweitern, so können Sie versichert sein, dass Ihre Bemühungen von Ihren Mitgläubigen mit der grössten Erkenntlichkeit aufgenommen werden.

Ich wünsche lebhaft, dass Sie mir Ihre Autobiographie sofort schicken, damit die Uebersetzung mit grösster Genauigkeit und Eleganz gemacht werden kann. Alles, was das Rabbinats-Institut von Padua, welches doch das Muster einer Stiftung ist, betrifft, ist vortheilhaft für die Religion und Wissenschaft.

Er schrieb zwei Werkchen: das eine mit dem Titel
זקני בת ציון ist ein Onomasticcon, oder ein alpha-
betisches Verzeichniss der Namen der Personen in der
heiligen Schrift und des Talmud, das andere mit dem Titel
פתרון חלומות ist eine Zusammenstellung alles dessen,
was man im Talmud über die Auslegung der Träume liest.
Diese zwei Werkchen sollen nur einen Theil eines grösseren
Werkes, betitelt: ספר המדת הנערים מלוקט

---

Und Luzzatto begleitete mit folgenden Briefe an Busch sein
Manuscript:

*Padua, 15, Oktober 1847.*

## Theuerster Freund!

Hier meine Biographie. Sie können es in so kleinen Buchstaben, wie Sie nur wollen drucken lassen. Ich will jedoch nicht,
dass sie halbirt oder in zwei Jahren getheilt werde. Ich habe nicht
ein einziges Muster nachgeahmt. Eines Tages vielleicht wird diese
Arbeit ein Muster für andere Schriftsteller sein. Wollte Gott,
dass jeder Mensch sein eigenes Leben mit Aufrichtigkeit und Einfachheit schreiben könnte! Jenes wäre der grösste Fortschritt. Ich
bin Ihnen indessen sehr danklar, dass Sie mir eine Gelegenheit
gaben, eine Arbeit zu liefern, die mich sehr vergnügt macht. Der
literarischen Wichtigkeit nach, werden die hier beigeschlossenen
Blattseiten von jenen übertroffen werden, die in diesem oder im
nächsten Jahre noch kommen werden, wo sich im klaren Lichte
meine reiferen Ideen zeigen werden und der Geist der von mir
gemachten, und noch zu machenden Arbeiten oder, von denen ich
wollte es, dass sie schon gemacht wären.

Mit dem Wunsche, von Ihnen zu hören, welchen Eindruck diese
Blätter in Ihrer Seele machen werden, bin ich

*Ihr pflichtschuldigster Freund*

**S. D. Luzzatto.**

---

Politischer Begebenheiten halber, musste Busch sein Jahrbuch
aufgeben, weshalb die Autobiographie von Luzzatto, weder veröffentlicht noch zu Ende geführt wurde Dr. J. L.

מהזהר ומהגמרא ושאר מפרשים חברתי אותו
אני הקטן חזקיה בר בריך בימי חורפי שנת
התכלה ליצירה

Das oben angedeutete Onomasticon hat nach dem
Titel folgende Worte: נדפס ענדניאל התכלה

Dieses Wort נדפס ist ein kindischer Scherz oder
hoffte er in S. Daniel eine jüdische Buchdruckerei entstehen zu sehen? — Aber während er schrieb, hatte schon
die venetianische Republik die Austreibung der Juden
von dort, und von den andern Dörfern, die unter ihrer
Obergewalt standen, beschlossen.

Mein Vater siedelte mit der Familie (1778) nach
Triest und dachte nicht mehr an jene Compilationen.

Wie konnte aber in dem Kopfe eines armen Hand-
werkers, in einem Dorfe, wo kein Schriftsteller wohnte,
der Gedanke, Schriftsteller zu werden, entstehen? Wahr
ist es, dass Dr. Isaac Luzzatto ein Dichter und Bruder
eines anderen Dichters Ephraim L. ein Verwandter meines
Vaters war.

Aber jene 2 Doctoren schrieben nur Verse und ihr Beispiel
hätte ihn zum Studium der Grammatik, der Prosodie und
der Dichter führen müssen. (Dinge, mit denen er sich *wie*
beschäftigte) aber nicht zu den obenbezeichneten Compilationen. Wenn er aber von Ruhmsucht oder von dem
Bedürfnisse, seine Gedanken zu verbreiten beherrscht gewesen wäre, würde er sich doch um Orthographie gekümmert
und originellere Arbeiten geliefert haben.

Ich glaube vielmehr, dass diese Arbeiten ein für einen
armen, zurückgezogenen Jüngling nothwendiger Zeitvertreib gewesen, oder für einen solchen, der keine passende
Gesellschaft gefunden.

Seine Arbeiten wurden durch den Erlass der venetianischen Republik, (September 1777) welche den Aufenthalt der Juden in den Dörfern verbot, unterbrochen. Als er sich daher im Jahre 1778 mit der ganzen väterlichen Familie nach Triest begab, dachte er nicht mehr an diese Compilationen; aber der Trieb Schrifsteller zu sein blieb ihm, da er von Zeit zu Zeit seine eigenen Gedanken und die eigenen Erlebnisse sowie die seiner Familie, wie auch einige politische Ereignisse seiner Zeit schriftlich aufzeichnete.

*Jener* Trieb zu schreiben war in ihm nicht Ruhmsucht, sondern ein aus Mangel an Gesellschaft entspringendes Bedürfniss. Sein Bruder war ein recht geselliger Mensch und hinterliess fast keine Schriften.

Das erste von meinem Vater in Triest begonnene Buch ist ein Verzeichniss *der* göttlichen Vorschriften, die noch jetzt üblich sind, in Classen abgetheilt, und aus religiösem Drange abgefasst, um die religiösen Pflichten immer gegenwärtig zu haben. Am Schlusse dieses Buches finden sich hebräische Arbeiten. Seine folgenden Memoiren sind italienisch, aber hin und da mit hebräischen Worten untermischt.

In Triest war mein Vater bis zum Lebensende Drechsler, und seine Schwester Benedetta eröffnete einen Laden von Esswaaren, welchen sie später in ein Manufacturlager für Dorfbewohner umwandelte; das Geschäft bestand bis zum Jahre 1853 in demselben Hause Corso Nr. 666 (a), geliebt von den Landfrauen und gut accreditirt bei den Fabrikanten und Kaufleuten.

Die ganze Familie lebte zusammen, und in demselben Laden übte mein Vater das Drechslerhandwerk und meine Mutter verkaufte Manufacturwaaren. Jedoch meine Grossmutter Rachel starb 2 Jahre darauf (Ende des Jahres

1779, 2. Kislev 5640) nach einigen Anfällen von Apo-
plexie. Ihr Unwohlsein wurde durch die Abreise ihrer
Tochter Thamar verschlimmert, welche in die väterliche
Familie zurückkehrte, als ihr Gatte Dr. Isac nach Wien
gereist war und bei seiner Rückkehr die Eltern verlassen
und sich mit dem Gatten vereinen musste, der in S.
Daniel wohnte.

Kurz vor ihrem Tode wünschte Rachel, dass eine ihrer
Wohnungen einer armen Frau geschenkt würde. Der
ältere Sohn und die ältere Tochter bemerkten ihr aber,
dass mein Vater sich gegenwärtig nicht im Orte befände
und man *vor* seiner Rückkunft nichts beschliessen könnte.
Die kranke wünschte jedoch die unbedingte Ausführung
ihres Willens. Ezechia erbot sich daher aus seiner eigenen Tasche das Geld zu einer Wohnung für eine arme
Frau zu geben. Dieses Anerbieten tröstete die kranke
Mutter und sie sagte אלהים יחנך בני und diess wurde
auch *vor ihren Augen* vollzogen. Es war eine schöne
That, weil sie für die sterbende Mutter zum grössten
Troste gereichte; obwol die ausgegebene Summe gering
war (4½ venetianische Lire — 55 Kreutzer) war sie
trotzdem für den, der sie ausgegeben, wie für den, der
sie empfieng, bedeutend.

Bis dahin quälte meinen Vater der Gedanke ein
perpetuum mobile zu erfinden, aber schon am 10. Juni
1780 wurde er bitter enttäuscht. Trotzdem gab er seine
Bemühungen nicht auf und wer weiss, ob er, wenn er die
Mittel hierzu gehabt hätte, die Dampfmaschienen nicht
erfunden hätte.

Ich besitze den Brief, den er am 12. Februar 1801
an den Präsidenten der israelitischen Gemeinde richtete,
dessen Name jedoch mir unbekannt, und dem er folgendes
schrieb:

*Hochgeehrter Herr!*

Ich erlaube mir Ihnen mitzutheilen, dass ich eine Erfindung gemacht, welche darin besteht, dass mit Hilfe des Feuers (nicht viel) das todte Wasser sich erheben, dann ein Rad bewegen könnte, wie bei den gewöhnlichen Mühlen und dadurch könnte man Räder, Mühlen, und alles, was man durch fliessendes Wasser bewirkt *überall* herstellen; jedoch mit dem besonderen Vortheil, dass man in der Nähe von Wäldern, wo das Holz billig ist, und ebenso, wo siedende Mineralquellen sind, solche Mühlen anlegen könnte; in Gegenden jedoch, wo das Holz theuerer ist, nicht. Ich glaube, dass man diess zum Bewegen der Schiffe wie der Wagen zu Lande anwenden könnte. Aber diess *behaupte* ich nicht, weil ich nur das behaupte, was ich bewiesen habe. Oft denkt man sich etwas, aber der Erfolg entspricht nicht dem Gedachten, und zu beweisen vermag ich es nicht, weil mir 10000 fl. hiezu nöthig wären, und ich nicht einmal 100 darauf wagen kann. Ich sage nur, was ich im kleinen ausgeführt habe, und was gewiss auch im Grossen gelingen muss, und ich habe auch das Modell hiezu in Rahmen fassen lassen. Ich wollte diese Erfindung der Regierung kundthun, doch zuvor wollte ich Sie als Haupt unserer Glaubensgenossen und als achtungswürdigen Mann um ihre Meinung befragen. Ihrer Antwort entgegensehend zeichne ich mit Handkuss

**Ezechia Benetto Luzzatto.**

Es ist mir ganz unbekannt, *ob dieser* Brief überhaupt abgegeben wurde und welchen Erfolg er hatte. Soviel weiss ich, dass mein Vater keinerlei Förderung erhielt

und dass er trotzdem von Zeit zu Zeit sich damit beschäftigte und häufig auch mit mir davon sprach; ich
aber zu diesen Studien keinerlei Neigung in mir verspürte.
Aber, um zum Jahre 1780 zurückzukehren, so mussten jene
rastlosen Untersuchungen ausgeführt im Alter von 19
Jahren, ohne Mittel und ohne Bücher, ohne vorherge-
gangenen Studien, nothwendigerweise die Gesundheit
meines Vaters untergraben. Und in der That litt er
häufig an Migräne, Schweigsamkeit, Hypochondrie, Misan-
thropie, Jähzorn, Wuth und Verzweiflung.

1781 begab er sich nach S. Daniele, um seinen Verwandten, den Dr. Isak zu consultiren und blieb daselbst
einen Monat. Da erhielt er das vortreffliche Buch von
Tissot *La salute de leterati*, diess lehrte ihn die Schäden
des allzugrossen Nachdenkens. Mehr aber als die gelehrten
Ratschläge des Arztes und des Werkes vom Arzte von
Lausanne vermochte die Ermahnung des alten Vaters
der am 1. Juli 1785 zu ihm wie folgt sprach: Was
geschieht hier schönes? Benedetta sagt, dass du Ma-
schienen machst. — Nein mein Sohn — Dank sei Gott,
du hast andere Mittel dir den Lebensunterhalt zu verschaffen, wir dürfen uns nicht so hoch versteigen.

## ולא הלכתי בגדולות ובנפלאיות ממני

Wir haben hiefür keinen Kopf. Greife rasch zur That,
jetzt ist nicht Zeit zum (müssigen) Nachdenken. Darauf

## כבד את אביך ואת אמך

Ezechia schrieb in sein Tagebuch die väterliche Ermahnung und fügte eine noch längere hiezu, wo er von
den vielen Entbehrungen, die er durch 6 Jahre erleiden
musste, spricht, und sich vornahm, nie mehr Maschinen
zu machen.

Am 1. Nissan 1780 fasste Ezechia den Entschluss,
ohne jedoch ein indessen Gelöbniss abzulegen, den 10.
Theil seines Vermögens auf wolthätige Zwecke zu verwenden und er beobachtete diess bis zu seinem Tode
und auch ich bis zum Jahre 1829, einer Zeit, wo Umstände (die noch heute bestehen) weit mehr als den
10. Theil meiner Einnahmen betragendes Opfer erheischten,
weshalb ich die Sonderung des 10. Theiles unterliess.

Da ein reicher Mann freiwillig meinem Vater den Antrag machte, ihm seine Nichte zur Frau zu geben,
wartete er 9 Jahre, schlug vortheilhafte Partieen aus;
als er plötzlich hörte, dass diese Nichte mit einem anderen verlobt worden sei.

Im Herbst 1792 heiratete dieser und genau an dessen
Hochzeitstage erhielt Ezechias einen Brief von seiner in
Görz verheiratheten Schwester, wo sie ihm das Mädchen
zur Frau vorschlug, welche nach ihrer Verheiratung meine
Mutter wurde.

Um diese Zeit litt Ezechia an einer Augenkrankheit
und war einige Monate des Augenlichtes beraubt; der
schreckliche Gedanke, nicht mehr lesen und sich mit
den religiösen Studien nicht befassen zu können, trieb
ihn zum Entschlusse die 613 Gebote auswendig zu lernen. Da er glücklicherweise das Buch כתר תורה von
David Vital besass, in welchem die 613 Gebote jedes in
einem einzigen Worte ausgedrückt sind, deren Anfangsbuchstaben so künstlich gewählt sind, dass es genau die
620 Buchstaben des Decalog's sind, liess er sich bis
Ende 1793 von seinem Bruder einige dieser Worte mit
den dazu gehörigen Erklärungen, die gleichfalls in diesem
Buche enthalten sind, vorlesen. In dieser Weise verschaffte er sich die Kenntniss sämtlicher religiöser Vorschriften, damit, wenn er auch für immer des Augenlichtes

beraubt wäre, er sich doch mit den Gesetzesstudium beschäftigen und über jedes Gesetz nachzudenken im Stande wäre.

Nach vielen vergeblichen Heilmitteln wurde er endlich mittelst eines Haarseiles geheilt, und blieb einäugig, wie er es früher gewesen, ebenso wie sein Vater, sein Sohn und sein erstgestorbener Sohn.

Im Dezember 1794 starb mein Grossvater, 81 Jahre alt, nachdem er nur einige Tage krank war und uns die Friedens-liebe empfohlen hatte indem er sagte ה יברך את עמו בשלום.

Am 28. Jänner 1795 fand die Hochzeit meiner Eltern statt. Meine Mutter Mirjam Regina wurde in S. Daniel geboren und war die Tochter von Samuel Cormons, der nachdem er sich von Friaul nach Palästina gegeben und daselbst Weib und Kind verloren hatte, in vorgerücktem Alter (zwischen 1759 und 1760) in seine Heimat zurück-kehrte und seinen Beinamen Cormons in לולי (woraus später Lolli und Lolly wurde) umänderte und damit an-zeigen wollte, dass es nicht seine Sache sei, Reichthümer zu erwerben; verheirathete sich darauf und starb nach einigen Jahren, indem er seine Frau, vier Söhne und eine Tochter in der grössten Armut zurückliess. Nachdem die Tochter mehrere Jahre in dem Hause einer Tante in Görz gedient hatte, wurde sie mit einem geistig und körperlich gleich verkommenen Menschen verlobt, der sie nach einigen Jahren verliess.

Sie war von äusserst sanftem, gütigem und geduldigen Naturell und eine Stütze der überaus thätigen und arbeitsamen Familie. Sie war klein und fett von liebens-würdigen Aussehen, phlegmatisch im Temperament, was ich von ihr erbte; wie ich von meinem Vater das Streben zur Zurückgezogenheit, zum Nachdenken und zum Laco-nismus erbte.

Liebe und Friede herrschten bis zum Tode zwischen
beiden Ehehälften, sie lasen die Bibel zusammen, meine
Mutter nämlich las sie hebräisch und mein Vater übersetzte sie in's Italienische. Mein Vater machte für sein
geliebtes Weib einen hübschen Sessel, der für ihre
Beleibtheit ganz angemessen war. Noch heute ist
er in meinem Studirzimmer und *das Händewerk meines
Vaters*, aus Liebe zu meiner Mutter gemacht, dient mir
zur Ruhe während meiner Erholung vom Schreiben, da
ich um die Uebel der sitzenden Lebensweise zu ver-
mindern, fast immer stehend schreibe. ([1])

Nachdem 2 Knaben gestorben waren, der eine an den Blat-
tern im Alter von $3^3/_4$ Jahren, tief betrauert von seinem Vater,
der dessen Biographie begleitet mit einer Elegie in
biblischer Prosa abgefasst, geschrieben hatte, und der
andere 12 Tage alt, wurde *ich* am 22. August 1800
(1. Elul 5560) Freitag um die 7. Nachmittagstunde, in dem
obenerwähnten Hause Nr. 666 im 1. Stock in einem Zimmer,
das eine Gassenaussicht und an das Haus Nr. 667
angrenzt, geboren ([2]).

Im selben Jahre erwarb Ezechia mit Hilfe der Mitgift
(400 crocioni) und mit anderen vom Bruder entlehnten
Geldern, ein kleines Grundstück auf der Anhöhe Con-
trada Pondarez ([3]) die damals das Ende der Stadt bil-

([1]) Diese Gewohnheit nahm ich vom Rabb. Ritter Abraham
de Cologna, der als ich ihn kennen lernte, das 70. Lebensjahr
bereits überschritten hatte. Der Stamm dieses Sessels, älter als ich
benöthigte *nie* eine Reparatur, es war eben nicht eine Lohnarbeit,
sondern ein Werk der Liebe S. D. L. Dieser Sessel ist noch heute
in meinem Besitze. J. L.

([2]) Dieses Haus wurde kürzlich mit anderen ähnlichen
Häusern zu *einem* grossen Gebäude vereinigt J. L.

([3]) Dr. Saul Formiggini, der durch 45 Jahre Luzzatto's
Freund war, schrieb, als sie noch beide jung waren ויזיעו כלם
כי מפונדרץ יצא אור ה' על כל הארץ   Corr.  Isr.
1865 p. 211.                                        S. M.

dete; und erbauete daselbst ein kleines Haus, die die
Nummer 1306 trug. Am Dache liess er mehrere hori-
zontale und verticale eiserne Querstangen zum Schutze errichten, um das Schriftwort zu erfüllen יעשית
מעקה לגגך (Deut. 22. 8). Nach seinem Tode liess
ich diese Stangen entfernen, um die darauffolgenden
Schriftworte zu bewähren ילא תשים דמים בביתך
weil diese Metallstangen den Blitz anziehen könnten.

Im Alter von 3 Jahren wurde ich in eine Kinderschule
geschickt, da mein Vater schon 2 Kinder verloren hatte,
und ungewiss war, ob ihm die Gelegenheit geboten wurde
seine Kinder im göttlichen Gesetze zu unterichten; er beeilte sich daher, diese Pflicht gegen mich zu erfüllen, begab
sich täglich mit mir in die Schule, las einiges aus dem
Pentateuch, besonders die Verse Deut. Cap. VI Vers
20—25, deren Sinn er mir auch erklärte.

Wie ich damals den Text der heil. Schrift verstand,
welche Ideen ich von der egyptischen Sklaverei, von der
Befreiung der Israeliten mittelst Wunder, von den göttlichen Befehlen hatte, weiss ich natürlich nicht. Aber
ich will einen meiner alten Gedanken nicht verschweigen,
deren Wahrheit viele bereits gefühlt, ihn zu äussern aber
wenige den Muth gehabt haben werden. Ich glaube,
dass die geistige Entwicklung durch einen methodischen
Unterricht und durch Bücher, die nur für Kinder berechnet sind vielmehr gehindert als gefördert wird. Als
im Jahre 1804 viele Kinder in Triest maserten, schickte
mich mein Vater mit meiner Mutter, obgleich ich schon
maserfrei war, auf einige Wochen in das Haus eines
Verwandten nach Görz. In einem an seine Frau gerichteten Briefe bittet er ja darauf zu achten, dass das
Kind (aus Güte der Gastgeber) sich nicht an Wein oder
Café gewöhne.

Im Alter von 4' Jahren gieng ich in die öffentliche
Schule [Talmud Tora]. Einen Monat früher gebar meine
Mutter eine Tochter, seitdem hatte sie keine Kinder
mehr.

Ich erinnere mich durchaus nicht, was für Lehrer ich
in den ersten Jahren hatte. Ich weiss nur, dass ich über
einen aufgebracht war, weil er, als er mich die zwiefache
Aussprache der Kamez lehrte, mich papageinmässig gewisse ihm von seinen Oberen vorgeschriebenen Regeln
nachsagen liess, in welchen die grammatischen Termini
*Nache ajin* und *Kefulim*, deren Bedeutung er mir nicht
zu erklären vermochte, vorkamen.

Im Alter von 6 oder 7 Jahren hatte ich das Glück, einen
jugendlichen Lehrer zu haben, der nur um 11 Jahre älter als
ich war, und da er kaum seine Laufbahn begonnen, und
begabt und talentirt war, sein Amt mit Talent und Lust
übte. Er als Lehrer und ich als Schüler wurden zusammen in eine höhere Klasse gesetzt. Da er mit mir
das Buch Jjob las und es erläuterte, fieng ich im
Alter von 8 Jahren das wahrhaft poetisch Schöne zu erkennen an. Die geräuschvollen politischen Ereignisse dieser
Zeit boten mir Veranlassung einige schlechte Verse in
hebräischer und italienischer Sprache abzufassen.

Das Studium des Buches Jjob liess mich das Bedürfniss neuer Commentare für die heilige Schrift fühlen,
und ich sagte einst meinen Mitschülern, dass ich in vor-
gerücktcrem Alter neue Commentare, bessere als die Raschi's
verfassen würde. Um ihnen einen Begriff von meinem
Commentiren zu geben, sagte ich ihnen, dass die Heimat
Jjob's früher Utz (עוץ) genannt, das biblische Beth El
sei; weil in der Genesis Jacob einem Orte den Namen
Beth-El, der nach rückwärts Utz heisst, gegeben. Um meine
Zuhörer zu überzeugen, öffnete ich die Genesis (Cap. 28,

Vers 16) und wie gross war meine Ueberraschung und Verwirrung, als ich fand, dass nicht Utz, sondern Lus der alte Name der Stadt Beth-El war. Die kindische Keckheit wurde vernichtet, aber der Geist der Untersuchung und Prüfung blieb davon unberührt und ungeschwächt. Mein Vater kam häufig zu den wöchentlichen und halbjährigen Prüfungen, die in der öffentlichen Schule statt fanden. Bei einer Semestralprüfung, die mit grosser Feierlichkeit und unter zahlreicher Betheiligung statt fand, kam es vor, dass als ein Kind die 3 Reiche der Natur nannte, einer der Leiter ihm eine nützliche Erklärung zu geben glaubte und hinzufügte: So gehört zB. diese Tafel aus Holz dem Mineralreiche an: mein Vater erho¹ seine Stimme vom äussersten Ende des Saales und sprach: Ich bitte um Verzeihung, das Holz ist eine Pflanze. Diess eine Probe seines rücksichtslosen Freimutes. (¹)

Mit 9 Jahren kam ich in die obere Klasse, wo Marco Isac Cologna Vicerabbiner der Gemeinde war, und der ältere Bruder (jedoch nicht von derselben Mutter) der Ritter Abraham de Cologna.

----

(¹) Diese Freiheit zeigte sich auch bei dem Sohne (S. D. L.) Es war diess ein charakteristischer Zug Luzzatto's, dass er obwohl gewöhnlich sanft und heiter, in den heftigsten Zorn gerathen konnte, wenn er Heuchelei oder Mangel an ehrlichen Grundsätzen gewahrte. In einem an seine Freunde gerichteten Schreiben beklagte er sich über den heuchlerischen Styl des Jahrhunderts und in Folge dieser Aufrichtigkeit als Kritiker wurden seine Worte oft fälschlich ausgelegt, indem man behauptete, es sei ihm nur um die Verminderung des Ruhmes seines Nächsten zu thun. Er schrieb einmal im Maggid: Meine Nachsicht und meine Mässigung in Bezug auf mein eigenes Ich werden niemals zu stark auf die Probe gesetzt, ich vermag allem Widerstand zu leisten; aber wenn ich für Wahrheit und Gerechtigkeit kämpfe, ist mein Herz ganz Feuer und ich kann es nicht länger bezähmen. S. M.

48

Es war ein Greis von ungeheurem Wissen und sehr
strengen Sitten und flösste mir die höchste Verehrung
ein, so dass ich auf sein geringstes Wort, auf die scheinbar unbedeutendste Handlung die grösste Aufmerksamkeit
verwandte. Er war für jene Zeiten ein grosser Gram-
matiker und in der Wissenschaft sowol wie im Leben
äusserst genau. *Er war es, der mir die Liebe zur hebräischen Grammatik und das Streben nach ge-
wissenhafter Beobachtung und Prüfung einflösste.*
Fast 10 Jahre studirte ich täglich mehrere Stunden
unter Cologna und eine Stunde Talmud unter Anweisung
des Rabbiners Abraham Eliezer Levi, geboren in Jeru-
salem, und seit 1801 Oberrabbiner von Triest; bei letz-
terem studirte ich fast 5 Jahre. Er war tief und sehr
scharf im Pilpul: aber es war ein aufrichtiger und kein
sophistischer Pilpul wie seine Religiösität eine strenge,
aber auch ehrliche war. Oft von der Gicht geplagt, liess
er uns, damit wir nicht zu lange seinen Unterricht ent-
behren, in sein Zimmer kommen. Er lag am Schmerzens-
lager und wir sassen um ihn, unsere Talmudexemplare
auf's Bett legend.

Um dieselbe Zeit (1810) begann ich das Studium der
deutschen Sprache bei Herrn Mayer Randegger, damals
Lehrer an der öffentlichen israelitischen Schule; der mich
auch eine kurze Zeit im französischen unterrichtete, bis
zur neuen Organisation, welche die Schule von der französischen Regierung erhalten sollte.

Die ebräischen Studien, die bis dahin bis auf 1 oder 2
Stunden meine ganze Zeit in Anspruch nahmen, wurden
jetzt verkürzt, um neuen Unterrichtsgegenständen Zeit
zu geben.

Ausser dem hebräischen, deutschen und der Arithmetik
wurde italienisch, französisch und lateinisch, Geographie
und Weltgeschichte unterrichtet.

Cologna unterrichtete italienisch und lateinisch, Rafæl Benedetto Segré Deutsch und Arithmetik, und als sich später Cologna wegen vorgerückten Alters zurückzog, auch italienisch und lateinisch. Leon Vita *Saraval*, Lehrer und Vicedirector der Anstalt, unterrichtete Ebräisch, Französisch Geographie und Geschichte. Saraval war Besitzer einer kostbaren Bibliothek ([1]) und ein Mann von ausgebreiteten Kenntnissen, und trug viel dazu bei die enge Sphäre meiner Gedanken zu erweitern, indem er von Zeit zu Zeit die verschiedenen Zweige der Wissenschaft, bald wieder die Namen der Gelehrten vergangener Zeiten nannte. Mit Begeisterung nannte er Mendelssohn, Newton und andere grosse Männer, und als er uns die Weltgeschichte in einem aus Frankreich stammenden Lehrbuche lernen liess, fügte er einige Blätter selber hinzu, welche die jüdische Geschichte von Titus bis auf Karl den Grossen enthielten.

Die freie Untersuchung der Wahrheit, die Liebe zum Fortschritte waren mir angeboren, und diess schon von meinem 8. Jahre an; aber der erste Gedanke eines literarischen Ruhmes, der erste elektrische Funke der Begeisterung hiefür wurde durch *Saraval* geweckt.

Segrè brachte mir die ersten Begriffe des logischen Theiles der Grammatik bei, führte mich in die deutsche und lateinische Syntax ein, und liess mich die Schönheiten des italienischen Styles erkennen, indem er Galateo del Casa mich zergliedern liess.

Ausser dem Einflusse, den er auf mich in der öffentlichen Schule übte, war die Erziehung, die er seinen 3 Töchtern angedeihen liess, und von denen 2 von der

---

([1]) Diese Bibliothek wurde käuflich vom jüd. theol. Seminar in Breslau erworben. M. G.

Vorsehung bestimmt waren, meine Lebensgenossinnen zu werden, auf mich von Wichtigkeit.

Dieser ehrbare Greis, der keine Söhne hatte, hat ein Recht, dass ich ihm ein Blatt in meiner Biographie widme.

Geboren in Triest am 10. Ellul 1764 von einer Familie, die 14 Rabbinen zu ihren Ahnen zählte, studirte er bis zu 13 Jahren bei seinem Vater und 1772 war er der *erste* Jude, der die Normalschulen besuchte. ([1])

---

([1]) Aus einer ausführlichen Beschreibung des Ursprunges der Familie Segrè, welche auf meinen Wunsch vom Rabb. Ritter S. R. Lewi in Vercelli ausgearbeitet wurde, will ich folgendes hervorheben: Der Vater Raphæl Benedetto Segrè's hiess Vidal Benjamin [siehe die Grabschrift גל אבנים Triest 1851 p. 9] er hatte die Eltern in Vercelli und siedelte sich im Alter von 19 Jahre in Triest an. Er hatte 9 Brüder, und sein Vater war Rafael Benedetto, von dem folgende in gerader Linie abstammen; David Vita, Abram di Casale genannt der Rothe, Zerah di Chieri, Abram di Chieri, Nathaniel genannt Bella Vigogna, der erste, den man in Piemont von der Familie Segrè kannte, die hinkamen nach der Vertreibung mittels Decretes von Phillipp II. und sich dann in den Städten Vercelli, Casale, Chieri, Pinerolo und Saluzzo niederliessen.

Der Name *Segrè* stammt von einem *Flusse*, der an der spanischen Grenze gegen Frankreich zu fliesst. Es ist eine Sage, dass daselbst 1000e von Israeliten getödtet wurden.

Nataniel nun war aus Lodi und Rabbiner in Mailand, hierauf begab er sich nach Vercelli im Jahre 1540.

Vita (ר׳חיים) gieng von Casale nach Vercelli, wo er im Jahre 1653 Oberrabbiner wurde.

Dieser begab sich zusammen mit dem Rabb. Samson Bachi aus Casale mit einem Diener Jacob Pavia aus Casale nach Smyrna, um zu erfahren, was denn wahres an der Erscheinung des Pseudo-Messias Sabbatai-Zewi wäre, worauf sie in die Heimat zurückkehrten.

Dieser Vita war der Ururgrossvater Josua Benedetto Segrè's, der bei dem grossen Synhedrium in Paris für die Stadt Vercelli, welche damals zum Departement *Sesia* gehörte, Deputirter war. Er war einer der 3 Vorsitzenden jenes berühmten Synhedriums mit dem Rabb. Cologna, der damals in Triest 1827 Rabbiner war und mit dem alten Rabbiner Ziusheimer, welcher der Deputirte des Niederrheins war. Josua Benzion starb in Paris im Jahre 1809. Er war Stadt-

Nachdem er mit grosser Ehre diese Schulen beendet und die lateinischen Schulen begonnen hatte, befahl der Graf Kobenzel, Präsident der Intendanz der israelitischen Gemeinde im Jahre 1782 ihm eine Unterstützung zu gewähren, damit er die Studien fortsetzen könne. Durch Privatsammlungen wurden ihm jährlich 60 Gulden zugesichert; aber der arme Junge, der von Haus zu Haus gehen musste, um diese Unterstützung zu erhalten, wurde so schlecht aufgenommen, dass er sich entschloss, diese Unterstützung aufzugeben, und da es ihm unmöglich war, seine Studien fortzusetzen, ward er anfangs Privat- und dann öffentlicher Lehrer. In der Schule in Triest unterrichtete er 3 Jahre zusammen mit Herz Homberg, welcher berufen war die isr. Schulen Polens zu organisiren und der ihm rieth mit ihm zu gehen, indem er ihm

---

rath in Vercelli; er liess seine 2 Söhne Jacob und Elias als Rabbinatsassessoren in Vercelli zurück, des ersteren Sohn ist gegenwärtig Professor in Parma. Einer der Tochtersöhne, Benedetta Artom ist der Commandant Isaaco Artom, ehemaliger italienischer Sekretär Cavour's. Von der weiblichen Linie Josue Benzion Segrès sind der Ritter Prof. Levi und der Prof. Alessandro Treves zu erwähnen.

Von dem anderen Josue aus Vercelli, Rabbiner in Scandiano, der von de Rossi im Dizionario storico degli autori ebrei angeführt wird, wird behauptet, dass er zur selben Familie gehöre, doch sind sichere Beweise nicht beizubringen.

Die zur Familie gehörenden Rabbinen wären vom ältesten angefangen folgende 1. Nataniel, von dem schon die Rede war, 2. Aron Jacob, Enkel Nathaniel's Rabbiner in Chieri. 3. Nathaniel, Sohn Aron Jacob's. 4. Vita Jesurun älterer Bruder des Vidal Benjamin. 5. Todros di Chieri. 6. Vita zuerst in Casale, dann in Vercelli, 9. Josua Benedetto (Benzion) Sohn Alexanders 10. David Sohn Josua Benedetto's 11. Rafael Benedetto Sohn David's 13. Samson Bruder des oben angeführten Josua Benedetto's 14. Abraham Rabbiner in Casale 15. Josua Benedetto (Benzion) Rabb. in Vercelli 16. Jacob, Sohn des Vorhergehenden, Landrabbiner über Piemont, damals רב der Medinah genannt. 17. Benjamin Rabbinatsassessor in Vercelli.

eine gute Stelle zusicherte; aber er wollte nicht die
arme Familie verlassen.

Von seinem 18. bis 27. Lebensjahre unterrichtete er
Deutsch, Italienisch und Arithmetik, dann vertrat er
seinen Vater und unterrichtete auch in den ebräischen
Fächern.

Als die Schule aufgehoben wurde, widmete er sich dem
Handel zusammen mit seinen Brüdern; dann übernahm er im Jahre 1811 den öffentlichen Unterricht
unter der französischen Regierung. Als im Jahre 1799 der
Rabbiner und ausgezeichnete Prediger Raffael Natan
Aschkenazi erkrankte, bat er ihn, an seiner Statt zu predigen
und von da ab hielt er 46 Jahre hindurch jährlich einen
Vortrag; auch wurde er bei verschiedenen Gelegenheiten
von der Gemeinde ersucht die Kanzel zu besteigen. *Ihm*
wurde die Ehre der Abfassung der Ansprache, welche ein
zartes Kind [Samuel Vita Zelman] (¹) ein Zögling der Talmud

---

(¹) Die Achtung vor der rührenden Herzensgüte Luzzatto's
lässt mich diese Anmerkung machen. Luzzatto war immer arm
und doch zog er nie Nutzen aus seiner Gelehrsamkeit. Von seinen
Schriften zog er nicht nur keinen Nutzen, sondern setzte oft noch
zu. Da er aber wusste, dass viele Gelehrte, die die Säulen des
Judenthums wurden, in Armut gelebt, und eingedenk der väterlichen
Lehren, die in sein zartes Herz den Glauben fest eingewurzelt
hatten, dass die Ehrlichkeit und Einfachheit selbstständige Güter
und Reichthümer sind, war er mit seinem Schicksal zufrieden. Noch
mehr, er theilte seine körpliche Nahrung mit denen, die weniger
als er hatten. Ein glänzendes Zeugniss hiefür ist die Erziehung des
Kindes Zelman, dem er körperliche und geistige Nahrung in reich-
licher Weise zu Theil werden liess. Allerdings belohnte diese edle
That die innigste Dankbarkeit.

Zelman hatte sich schon frühe durch seine in den Bikkure-Haittim
veröffentlichten Gedichte einen Ruf als tüchtiger ebräischer Schriftsteller erworben. Das Werk צִיצִים [Blüthen] ist eine Sammlung
von Gelegenheitsgedichten, in welchen er sich als Meister der
Sprache und der Anwendung biblischer Verse, indem er sie dahin
stellte, wo sie das Bild verschönern und den Begriff beleben,
zeigte.

Thora in der Synagoge bei Anwesenheit des Kaisers Franz I. am 6. Mai 1816, hielt, zu Theil.

Luzzatto sagte einst im Vertrauen zu Zelman: Ich hoffe in der *jüdischen Wissenschaft* Schule gemacht zu haben, und dass man nach meinem Tode *meine* Wege gehen wird; was aber das Ebräisch-schreiben und besonders das in Versenschreiben betrifft, habe ich leider keinen anderen Nachfolger als Dich.

Das Hauptverdienst Zelman's aber besteht in dem Besitze jener Gefühle, welche den wahren Adel der menschlichen Natur bilden.

Lebhaft eingedenk der ihm von Luzzatto erwiesenen Wolthaten widmete er viele seiner dichterischen Ergüsse seinem Lehrer und Wohlthäter. An der Spitze einer seiner Dichtungen fand ich folgendes:

A SAMUELE DAVIDE LUZZATTO,

NEL COLLEGIO RABBINICO DI PADOVA PROFESSORE,

UOMO INTEGRO,

D'ANTICHE VIRTU ORNATO

A CUI DELLE LETTERE EBRAICHE I GRANDI AVANZI

IN TUTTE LE PARTI GLI SONO DOVUTI.

A LUI CHE POVERO

ME POVERO RACCOGLIEVA,

NUDRIVA ED EDUCAVA,

QUESTO DISCORSO AMANDO E VENERANDO

DEDICO.

(Samuel David Luzzatto, Professor am Collegium rabbinicum in Padua, dem unbescholtenen, mit antiken Tugenden geschmückten Manne, dem die jüdische Wissenschaft in allen Beziehungen einen ungeheuren Fortschritt verdankt, der selber arm mich den armen aufnahm, nährte und erzog, widme ich diese Arbeit in Liebe und Verehrung). Und in der Sammlung seiner Gedichte betitelt נצנים (Blüten) sagt er: Dieses Opfer lege ich auf den Altar der Liebe und Dankbarkeit und ich widme es meinem Lehrer, dem auf der ganzen Erde berühmten Manne, der zum Lohne für seine Mühen ein kärgliches Brod hatte und es mit mir theilte. Ich fand ein Asyl unter seinem Dache, wurde genährt an seinem Tische, er liess mich trinken an der frischen und lebendigen Quelle seines Wissens. Möge Gott es ihm vergelten und ihn trösten über den Verlust, den er durch den Tod seiner einzigen musterhaften Tochter erlitten. Möge ihm Gott viel Glück widerfahren lassen und ihm ein langes Leben gewähren, dass er seine würdige Genossin erheitere und seine Glaubensgenossen bessere, die sich seines grossen Charakters rühmen.

Seine Hauptvorzüge wurden am besten von dem Guvernator Rossetti bezeichnet, der in einen Decret vom 3. Februar 1816 ihn *einen kenntnissreichen und bescheidenen Mann nennt.*

Den Faden *meiner* Biographie wieder aufnehmend, sage ich, dass mein Vater im Jahre 1808, indem er das Manufacturgeschäft mit der Schwester zusammen hatte, sich seine Wohnung in eigenen Hause Nr. 1306 machte, wo ich selbst 2 Jahre wohnte, wo meine Eltern starben, und wo mein erstgeborener Sohn geboren wurde.

Dieses Haus am Ende der Stadt, umgeben allerseits von armen Leuten, war nicht ohne grossen Einfluss auf mein moralisches Leben.

Fern von dem Luxus und der Corruption einer blühenden Stadt, selber arm und unter Armen lebend, habe ich mir jene Einfachheit des Charakters gewahrt, die auch meine Eltern im dem Dorfe, in welchem sie das Licht der Welt erblickt, sich erhalten haben. Ueberdiess lebte ich immer unter Christen, und die Unbeflecktheit des Charakters und ihre Güte hatten meinen Eltern die Achtung und Liebe aller, welche sie kannten, ihnen verschafft, so dass niemals ein Religionshass bei mir Platz greifen konnte (¹).

---

Was noch mehr ist, er setzte die Schule Luzzatto's in der Talmud-Tora fort, aus welcher viele tüchtige Männer hervorgiengen, so der durch seine vielen Werke berühmte Rabbiner Mose Tedeschi und der Rabbiner in Triest S. R. Melli.

Die Detailnachrichten über den Aufenthalt Zelman's bei meinem Vater werden von Zelman in einem Anhang dieser Autobiographie erscheinen.

J. L.

(¹) Es ist wol der Mühe wert die religiöse Toleranz Luzzatto's näher zu beleuchten. In einem Briefe an den Rabb. Mormigliani in Piemont (1836) schreibt er: Ich halte mich von jeder Polemik entfernt, und herausgefordert von einen unbescheidenen

Es war schliesslich die grosse freie Ebene, die zu
jener Zeit meiner Wohnung gegenüber war, die freie
Aussicht auf Hügel, das Schauspiel der aufgehenden
Sonne und der Mangel der Ansicht von Kunstschönheiten,
welche mich täglich und ausschliesslich das grosse
Schöpfungswerk bewundern liessen. In meiner Jugend
wollte ich mich bei meinen philosophischen Fortschritten

---

Nichtjuden antworte ich nicht. Da das Judenthum den Nichtjuden
in keiner Weise verdammt und keine Proselyten *machen will*, fühle
ich kein Verlangen jemand zu bekehren, und keine Pflicht Ein-
würfen zu antworten; ich würde vielmehr fürchten, seinen Glauben
zu schwächen und ihn des einen und des anderen berauben. (Vessillo
isr. 1876 p. 325 8). Ueber den Proselytismus schrieb er in den
Archives israelites p. 1855 p. 138. Als er sich im Jahre 1863 an
den berühmten Benamozegh wandte, der in einem seiner Werke einen
Vergleich zwischen der jüdischen und christlichen Moral zieht
schreibt L.: Polemiken gegen das Christenthum kommen mir nie in's
Blut. Wenn jemand mich angreifen will, antworte ich: Die
Schwerter bestehen, noch sind sie nicht zu Winzermessern geworden. Seien Sie trotzdem ein guter Christ, und möge jeder *der*
Religion, in der er geboren, treu bleiben. In diesem Sinne sprach
ich mehrere Male mit dem Cardinal Nardi, als er hier Professor
war, und wir lebten mehrere Jahre in guter Harmonie. Und die
Hochachtung, die Nardi gegen Luzzatto hatte, war so gross, dass
er ihm die Correctur seiner Istituzioni di diritto canonico (Institutionen des canonischen Rechtes) übertrug und ihm schrieb: Ich
schulde Ihnen grossen Dank für die Mühe, die Sie sich bei der
Revision meines Werkes gaben. Was den an den *Freund* und
nicht an den *Schriftsteller* gerichteten Brief betrifft, war er mir
sehr lieb und werde ich ihn beantworten. Und er stand nicht an,
den Juden „Mein theuerer und berühmter Professor" und
sich seinen ergebenen Freund zu nennen. Ein anderer gelehrter
Praelat, der Kanoniker Pietro Tiboni aus Brescia, früher Professor
des Ebräischen in jenem Seminar, stand in intimer gelehrter Correspondenz und herzlicher Freundschaft mit dem Professor von
Padua und legte ihm häufig das, was er drucken wollte, vor,
bat ihn auch es rücksichtslos zu beurtheilen. Unter den vielen Briefen
des gelehrten und vortrefflichen Praelaten an den *gelehrtesten der
modernen Juden*, wie er ihn zu nennen pflegte, verdient diess her-
vorgehoben zu werden: Mein theuerster Professor, und weit würdiger Bischof zu sein als so viele mächtige und intolerante Dumm-
köpfe. Und viel früher: Volo te censorem, non laudatorem.

S. M.

des Gedankens an einen Schöpfer entschlagen; aber bei dem täglichen Anblicke der aufgehenden Sonne wurde mein Gedanke zerstört, so dass ich mir sagte: *Und es gibt einen Gott.* Der Sonnenaufgang ist allerdings kein *Beweis,* aber dieses periodisch wiederkehrende grossartige Schauspiel hat dazu beigetragen den Gedanken an einen Gott in einem für verwickelte Vernunftschlüsse noch nicht reifen Geiste, der noch nicht an die Wunder der Natur gewohnt ist, zu erhalten; deren Betrachtung nach Kant selbst uns unwillkührlich zwingt, einen unendlich weisen Schöpfer anzunehmen.

Ausser den Studien, die ich in der öffentlichen Schule betrieb, studirte ich ebräisch theils mit meinem Vater, theils allein.

Im Alter von 11 Jahren stellte ich eine ebräische Grammatik in italienischer Sprache zusammen und im 12. übersetzte ich aus dem italienischen in's hebräische das Leben Aesop's, und schrieb auch einige exegetische Bemerkungen ([1]) zum Pentateuch.

DieLiebe zuHandschriften und seltenenBüchern schlummerte schon damals in mir, und es freute mich recht sehr Blätter und mangelhafte Bücher, die in einen Winkel der öffentlichen Schule geworfen wurden, zu durchsuchen. Dort fand ich den inedirten Commentar zum Targum, den ich seit 16 Jahren mit so grossem Nutzen betreibe. ([2])

---

([1]) Diese ersten Jugendarbeiten wurden zur Genüge von meinem Freunde Mose Cœn Porto, Oberrabbiner in Venedig, im Vessillo Isrælitico, November, December 1877 und Januar 1878 angedeutet. Diese Arbeit wurde später separat abgezogen, einige hebräische Hefte und erläuternde Noten kamen von mir hiezu, und sie wird der Autobiographie beigelegt werden.

J. L.

([2]) Im Oheb Ger spricht Luzzatto wie folgt darüber: Viel früher als Isac Arama seine Ansicht über die Uebersetzungsart des *Onkelos* geschrieben, hatte bereits ein Mann diese chaldäische Uebersetzung zum Gegenstande ernster Untersuchung gemacht; diese Arbeit

In der Schule selber sah ich am Grunde eines Kastens, jedoch immer von weitem, ein mangelhaftes Aruch-manuscript, welches in mir den Wunsch entstehen liess, es zu prüfen, und wie froh war ich als ich es nach 30 Jahren käuflich erwerben konnte ([3]).

---

blieb aber, bis Gott sie mich finden liess, unbekannt. Ich fand sie inmitten einiger von der Zeit hart beschädigten Bücher. Ich sah sie, erbarmte mich ihrer, bat um sie, erhielt sie, nahm sie zu mir und fand dass sie vom Anfang bis zum Ende vollständig sei. Nur der Name des Buches und sein Autor waren nicht zu entdecken.

Ich nannte es (Jaer) יאר weil am Ende des Buches das Datum (5) 211 den numerischen Wort von Jaer hat:

S. M.

Dieses kostbare Manuscript ist gegenwärtig in der Bodlejana.

Rev. Sabato Morais hat im Jewish Record eine sehr schöne Uebersetzung des Oheb Ger geliefert Im Mosè wird bald diese Arbeit italtenisch veröffentlicht werden.

J. L.

([4]) GegenEnde des vorigenJahrhunderts schrieb der berühmteTalmudist Isaja Berlin, Rabbiner in Breslau eine Ergänzung des Aruch

unter dem Titel הפלאת שבערכין (Haaflah Schebaarachin)

Im Jahre 1830 fieng sein Schüler Rafael W. Ginzburg dieses Werk zu veröffentlichen an, aber aus mir unbekannten Gründen, wahrscheinlich, weil es an der nöthigen Unterstützung fehlte, wurde nur die Hälfte gedruckt. In Jahre 1846—47 erwarb Leon L. Rosenkranz das übrige Ms. vom Schwiegersohn des Herrn Günzburg mit der Absicht, die Veröffentlichung zu vollenden.

Aber die damaligen politischen Erzeugnisse hinderten diess. 1859 jedoch wurde der inedirte Theil in Wien veröffentlicht und bei dieser Gelegenheit bat Rosenkranz Luzzatto, den er „den immer bereiten Mann, verwickelte Angelegenheiten zu lösen" nennt, alle Bemerkungen hinzuzufügen, die zum Werke des Rabbiners Isaja Berlin passen. Der Professor von Padua freute sich seinen Namen dem Isaja Berlin's hinzufügen können und sagt weiter: Ich werde einige Noten aus einem sehr alten Manuscripte, das ich vor 25 Jahren in Triest gesehen, hinzufügen. Als ich dort war, hatte ich keine Gelegenheit es zu prüfen. Ich sah es vernachlässigt in einer Kammer liegen, wünschte es zu besitzen, ich habe nicht daran vergessen, als die Vorsehung beschloss dass ich 33-34 Jahre später nach Triest reiste, um die Schwester meiner verstorbenen Frau zu heirathen. Damals besuchte mich eine Frau, die sich als Wittwe

Am 11. November 1811 erhielt ich in der Schule als
Prämienbuch, welches ich mit grossen Interesse las; u.
z. Montesquieu's Considérations sur les causes de la gran-
deur des Romains et de leur décandence mit anderen
Werken desselben Autors, Amsterdam und Leipzig 1761.
Dieses Buch übte einen wolthätigen Einfluss auf meine
philosophisch-kritische Entwickelung.

Im Jahre 1812 kam mir zufällig ein französischer
Roman betitelt: Alexis (der Name des Autor's ist mir
unbekannt) und ich las einige Seiten davon. Alexis war
ein wolerzogener Knabe, aber durch unglückliche Zufälle
musste er unter Bauern und Hirten leben. Eines Tages
schlief er am Gras ein, hatte zur Seite einen Vergil, ein
Vorzug seiner ehemaligen Lage.

Eine hohe Persönlichkeit gieng vorbei, sah das Buch,
sprach mit dem Jüngling, erkannte seine Geburt und
seine guten Eigenschaften, nahm ihn zu sich u. s. f. Soviel

---

des Schulmeisters vorstellte, und bat mich sie zu besuchen und die
kleine Zahl der Bücher zu betrachten, welche ihr Mann zurückgelassen, in der Hoffnung etwas zu finden, was mir zu erwerben
angenehm wäre. Da fand ich das Ms. das ich so lange wünschte
zahlte einen hohen Preis um es zu erwerben, liess es sofort ein-
binden, damit keine Blätter verloren gehen, und nach Padua zurückgekehrt, benachrichtigte ich den theueren und geschätzten Vater
der Kritiker, Rapaport, vom kostbaren Erwerb, den ich gethan. S. M.
Der an Rapaport gerichtete Brief, datirt 19. December 1842, ist
der im Index raisonné unter Nr. 396 angeführte. Im Anfange dieses
Briefes lobt mein Vater seine zweite Frau und meine Stiefmutter,
die vor kurzem der Liebe ihrer Theueren und der Verehrung aller,
welche sie kannten, entrissen wurde. Die Bemerkungen Luzzatto's
wurden auch separat unter dem Titel הוספות מהרב הדהב
שדל veröffentlicht.
Ueber den Rabbiner Isaja Berlin vergleiche man die Schrift
Dr. A. Berliner's: Rabbi Isaja Berlin. Eine biographische Skizze
Vorgetragen im Rabbinerseminar zu Berlin . . . . . Berlin 1879.

J. L.

erinnere ich mich noch seit 35 Jahren. Kurz darauf
fühlte ich das Bedürfniss nach neuen Kleidern. Mein
Vater konnte nicht oder hielt es nicht für nöthig, mir
welche zu machen, und ich entschloss mich es wie *Alexis*
zu machen. An einem Octobermorgen, gegen acht Uhr
früh nahm ich das Buch Doveri Morali [Moralische Pflich-
ten] von Francesco Soave, und statt in die Schule zu
gehen, gieng ich ausserhalb der Stadt. Ich gieng einige
Stunden mit dem Buche in der Hand ohne zu wissen,
wohin. Einige Israeliten fragten mich, wohin ich gienge
und ich antwortete aufs Land, und da sie mich kannten,
schenkten sie mir Glauben und liessen mich gehen. Endlich fragte mich ein Christ, der mich nicht kannte, und
da er meine Antworten verwirrt fand, rieth er mir mit
ihm zurück zu gehen. Und ich, theils müde vom Wege,
theils überzeugt von der Richtigkeit der Ansichten des
guten Unbekannten, gieng zurück, zeigte ihm das elter-
liche Haus, er begleitete mich dahin und empfahl mich
meinen Eltern. Glücklicherweise war es kurz nach Mittag,
die Stunde, wo ich gewöhnlich von der Schule nach Hause
kam, deshalb waren meine Eltern nicht beunruhigt, weil
sie mich in der Schule glaubten. Mein Vater gab dem
guten Mann 10 Kreuzer, machte mir keinerlei Vorwürfe,
und wir nahmen das Mittagbrod wie gewöhnlich ein.
Meine Mutter machte mir dann aus einem ihrer Kleider
einen Anzug. Die Farbe war eine weibliche und als ich
ihn zum ersten Mal trug, riefen die Gassenbuben mir
nach: Der Bischof! Der Bischof! und ich wollte ihn
nicht mehr anlegen. Endlich wurde der Anzug schwarz
gefärbt und ich zog ihn an. Wenn ich in diesem Alter
andere Romane gelesen hätte, Gott weiss, was für Dumm-
heiten ich noch angestellt hätte.

Im Anfange des Jahres 1813 wurde ich schwer krank und Dr. Frizzi schrieb diess meinem allzugrossen Fleisse zu; darauf nahm mich mein Vater aus der öffentlichen Schule und schickte mich nur zu den talmudischen Vorlesungen des Rabbiners Levi, liess mich ebräische Bücher lesen unter anderen das ספר הברית [ein ihm sehr liebes Buch, sei es wegen der Anmerkungen über Physik Geographie, Naturgeschichte als auch wegen der cabbalistischen Dinge] und zu ([1]) gleicher Zeit lehrte er mich das Drechslerhandwerk.

In jener Zeit schrieb ich schlechte ebräische Verse und eine noch schlechtere Uebersetzung des תא שמע in italienischen Versen.

2 Monate vor meinem vollendeten 13. Jahre schenkte mir mein Vater ein Buch mit unbeschriebenem Papier, das einen Gulden kostete. Ein so sonderbares Geschenk wurde meinem Vater sicherlich von dem ihm innewohnenden Triebe zu schreiben eingegeben, der sich auch bald bei mir zeigte; aber es war für mich, wenn auch nicht die wirkende, so doch die Gelegenheit bietende Ursache, zu schreiben, etwas zu verfassen keinen Gedanken verloren gehen zu lassen, noch irgend ein Ereigniss, ohne eine Erinnerung davon zu erhalten.

Am 11. August wurde beim Rabbiner Levi die Beendigung des Tractates Beza (ביצה) gefeiert. Ein Dichterling zeigte mir, und wahrscheinlich auch meinen Mitschülern) ein Sonett, worin sich diese 2 Verse fanden:

הן רוחך אנה שתול בן פרץ
תמיד להות בה ומזומים

---

([1]) Auf diesem Bande steht geschrieben: 11. Nov. 1811, Etablissement primaire israélite pour la langue latine, la géographie et l'histoire, second prix accordé a Samuel Luzzatto. Saraval, Vice-Directeur J. L.

Ich antwortete ihm mit einem anderen Sonett, das mit den Worten anfieng:

אֵת כָּל אֲשֶׁר כָּתַב אֲדוֹנִי עָלַי
מָאו לְבָבִי כֵן וְעֵינִי רָאו

In demselben Sonett warf ich ihm vor, das Wort לְהַגְוָת mit einem יֶרֶד in der Mitte gebraucht zu haben, während der Vers einen יֶרֶד im Anfange erfordert wie zB. לְהָבִין Er entschuldigte sich damit, dass er לְהַגוּת [lehagot] sagen wollte (ein riesiger grammatischer Fehler). Hingegen lehrte er mich ein bis dahin mir unbekanntes Gesetz der Prosodie, welches allerdings von den alten spanischen Dichtern nicht beachtet wurde, aber von den Italienern den europäischen Sprachen nachgeahmt wurde, u. z. dass der Vers mit dem Accent auf der vorletzten Sylbe eine Sylbe weniger haben muss, als der auf der letzten.

Da ich dadurch erfahren hatte, dass mein Sonett den üblichen Rhythmus hatte, schrieb ich es nicht in meine Memorien ein, und so gieng es verloren bis auf die 2 angeführten Verse, die ich auf einem fliegenden Blatte fand.

Dasselbe Jahr machte ich eine kritische Bemerkung. Bei der Lectüre des *En Jacob* gewahrte ich aus mehreren Stellen, dass es den Anschein habe, die Bibel wäre zur Zeit der Talmudisten noch nicht mit Vocalen und Accenten versehen gewesen, dass sie zwar schon damals mit einem dem unsrigen ähnlichen Tone vorgetragen wurde, jedoch ohne dass *bestimmte Zeichen* hiefür festgesetzt wären. Ich plagte meinen Vater mit diesem Gedanken, er aber theilte sie. da meine Mutter krank war, dem Doctor Frizzi (¹) mit. Dieser, ein Mann von ungeheuerem Wissen, theilte mir sofort die Stelle in Nedarim, folio 37 mit, (welche dahin erläutert wird, dass die Punkte und Vocale schon von Esra's Zeit herrühren. (²)

Ich schwieg schüchtern, aber beharrte bei meiner Ansicht; überzeugt, dass wenn der Talmud auch von der Tonart spricht, er durchaus nicht die *geschriebenen* Zeichen darunter verstehe.

Diese Entdeckung war für mich eine ausserordentliche, und die Mutter vieler neuer und wichtiger Gedanken.

Die unmittelbarste Consequenz war die Erkenntniss der Unechtheit der Cabbala, dass man den Zohar fälschlich den Autoren der Mischnah und das Talmud zuschreibe, da in diesem häufig von den Vocal- und Accentzeichen die Rede ist und mein Vater mich häufig im Zohar lesen liess. Meine Ansichten fiengen damals an, sich von den meines Vaters zu entfernen, und häufig kamen zwischen uns Meinungsverschiedenheiten vor, aber immer zeigte er sich tolerant, vernünftig und als Freund der Wahrheit, endlich hörte er auf, cabba-

---

(¹) Ueber Dr. Frizzi schreibt mein Vater an anderer Stelle folgendes: Ein jüdischer Arzt aus Italien, Benedetto Frizzi, veröffentlichte eine gelehrte Diessertation in welcher er die mosaischen und rabbinischen Vorschriften über den Aussatz mit den heutigen in der Medicin üblichen verglich. Benedetto Frizzi wurde geboren in Ostiano, Provinz Mantua, war ein berühmter Arzt in Triest von 1789 bis 1831, kehrte dann in seine Heimath zurück und starb 1844.

(²) Luzzatto spricht hierüber in mehreren seiner Werke, so in den Dialogues sur la Cabbale, welche das angebliche Alter des Zohar als irrig nachweisen und da widmete er ein ganzes Capitel über die Vocal - und Accentzeichen.

listische Studien zu treiben; und wahrscheinlich glaubte
er am Ende gar nicht mehr daran.

Ich kann nicht ohne lebhafte Rührung ein Ärgerniss,
das meine Aufrichtigkeit ihm bereitete, mittheilen.
Meine Mutter war schwer krank. Da mein Vater
sah, dass seine Gebete, auch die cabbalistischen, die
er in sehr wichtigen Angelegenheiten verrichtete, ohne
Nutzen waren, und er dachte, dass die Gebete eines
unschuldigen Kindes wirksamer sein könnten, wollte er
mich in diese Geheimnisse einweihen und mich lehren
mit kabbalistischen Kavanoth (כּוָנוֹת) beten.

Es handelte sich nur darum, die Gedanken von allem Irdischen loszumachen, im Geiste vom niedrigen zum hohen zu
steigen, die Skala der Schöpfung, und zwar von der Welt
Assija genannt zu der Jezirah, von dieser zur Beriah,
und von da zur Aziluth, dann von der letzten zur ersten
der 10 Sephiroth, dann [glaube ich] zu Adam Kadmon
und Gott zu Gunsten eines jeden dieser Welten und
Geister zu beten, und endlich den Geist zum end-
lichen Wesen erhoben [En soph] den Gegenstand unseres
Kummers auseinanderzusetzen, und um die Erfüllung des
gegenwärtigen Wunsches zu bitten. (¹)

Ich, der ich nicht mehr daran glaubte, wollte nicht so
beten.

*Meine Mutter starb den 13. April 1814* an der Pleu-
ritis, nachdem sie mehrere Mal Blut gebrochen, so dass

---

(¹) Damit diess nicht ein Räthsel für manchen sei, will
ich folgendes hinzufügen. Nach den Cabbalisten zeigt sich Gott
das Unendliche „En soph" stufenweise. Adam Kadmon war die
erste Emanation der göttlichen Potenz [Protoplaston]. Nach dem
Adam Kadmon entwickelte sich die Welt in 4 Phasen, von welchen

die Anwesenden fortliefen, und ich die ganze Angst unterdrückend und der geduldigen Mut einflössend, es in ein Becken sammelte.

Die Elegie auf ihren Tod, im כנור נעים gedruckt, wurde 2 Jahre später verfasst. ([2]) Der zu frühe Verlust der geliebtesten und tüchtigsten Familienmutter liess einen Vater und 2 zarte Kinder, ich will nicht sagen in Verzweiflung, weil Verzweiflung nicht da sein kann, wo Glaube an Gott herrscht, aber in keiner kleinen Trauer. Die sparsame Lage der Familie gestattete nicht eine bezahlte Haushälterin zu nehmen, und der liebevolle Vater wollte eine 2te Ehe nicht eingehen. Wir selbst mussten uns daher, Vater, Sohn und Tochter allen häuslichen Arbeiten unterziehen. Unterwiesen von den Cousinen Rachel und Allegra, habe ich mehrere Jahre hindurch das Mittagmal bereitet, bis meine erwachsene Schwester meine Mutter vertrat. Ich erinnere mich manchmal mit Locke oder einem anderen Philosophen in der Hand gesessen zu haben, in der Meinung, dass das Feuer seine Pflicht erfülle, als plötzlich jemand hinzukam und mir sagte, dass das Holz nicht brenne, und dass ich mich in einem raucherfüllten Raume befinde.

---

die folgende immer vollkommener war als die vorhergehende. Sie heissen *Olamot* oder Welten. Die der ersten zugeschriebenen Eigenschaften sind 10, genannt Sefirot, ein Wort, welches nach einigen vom ebräischen *safar zählen* stammt. Nach anderen bedeutet es *Sphären* vom griechischen σφαίρα dh. himmlische Kreise, die sich um einander drehen.

S. M.

([2]) Luzzatto hat im *Kinnor naim* eine Elegie, 2 Jahre nach diesem traurigen Ereigniss abgefasst, veröffentlicht. Der bis dahin im Herzen eingeschlossene Schmerz fand seinen Ausfluss in dieser Elegie, in tiefgefühlten und von kindlicher Liebe durchtränkten Worten.

Da meine Mutter sah, dass ich keine Neigung zum Drechslerhandwerk hatte, wollte sie mich in's Comptoir eines Kaufmannes geben. Da aber ihr Tod mich an's Haus fesselte, wurde ihr Plan vereitelt; auch hatte weder mein Vater noch ich Neigung zu demselben. So war eine Anhäufung von Unglücksfällen Ursache, dass ich meine Studien fortsetzen konnte, ohne mich im Geschäft zu zerstreuen.

Wie aber ohne Lehrer, ohne Führer, ohne Bibliothek und ohne Mittel studiren! — Dem half die Vorsehung so ab.

Erstens besass mein Vater sehr gute hebräische Werke theils als Erbe seiner Vorfahren, theils von ihm selbst angeschafft; da er aber wenig italienische Bücher hatte, und diese selbst von geringem Werte waren, zog er die Grammatik aus den philosophischen Werken Benjamin Martin's.

Ein französischer Tischler verpfändete bei ihm durch mehrere Jahre die Reisebücher La Harpe's und andere französische Werke.

Im Hause meiner Tante Benedetta war auch eine mittelmässige hebräische Bibliothek [auch die wichtigsten grammatischen Werke enthielt sie], die von meinem Onkel David angekauft, vor seinem Tode meinem Cousin Isac überlassen wurde.

Von diesen meinen Verwandten erhielt ich jedes beliebige Buch, und zur Tante gieng ich, so oft ich wollte, und las, so lange ich wollte; diess in Bezug auf hebräische Literatur. Viel schwieriger wurde mir das Aneignen der anderen Wissenschaften und der Literaturgeschichte. Ich besass die moralischen Novellen von Soave, welche in der öffentlichen Schule zur Übersetzung aus dem italienischen in's Französische dienten,

Ich besass auch seine *Moralischen Pflichten,* welche ich zufällig erhalten hatte. Die Lectüre dieser Bücher flösste mir Achtung gegen deren Verfasser ein, und ich wünschte seine übrigen Werke zu lesen.

Mir scheint, dass in dem Vorworte, das vom Drucker den Novellen vorgesetzt wurde, zu den *Institutionen der Logik, Metaphysik und Ethik* von Soave die Rede war, und im Jahre 1814 beeilte ich mich, mir dieselben zu verschaffen u. z. Band nach Band, so oft ich 30 bis 40 Kreutzer hatte. [Mein Vater gab mir von Zeit und Zeit einige Kreutzer, nie liess er mich ohne etwas Geld in der Tasche.]

Bevor ich aber das gelesen, noch irgend ein anderes philosophisches Buch, schrieb ich einen hebräischen Brief meiner Cousine Rachel, (³) worin ich die Existenz einer Seele in den Thieren behauptete; Sätze, die ich später bei Soave bestätigt fand.

---

(³) Wer immer eine wahre Liebe zum Judenthume fühlt, muss voller Bewunderung gegen diese Tochter Israels sein. Denn Rachel Morpurgo ist die strahlende Lilie, deren herrlicher Duft die jüdische Literatur durchweht. Der Rabb. Marco Tedeschi s. A. macht bei einer mit meisterhafter Hand entworfenen Panegyrik auf S. D. Luzzatto folgende Bemerkung: Rachel Morpurgo (Enkelin des vorzüglichen Dichters Efraim Luzzatto, der Petrarca der Ebräer genannt), ein Mädchen von einfachem Glauben und seltenem Scharfsinn, wurde durch ihre Schriften und ihre hebräischen Gedichte die voll von religiöser Begeisterung sind, eine Seltenheit in unserem Jahrhundert und demgemäss von den hervorragendsten Männern Italiens und Deutschlands mit Lobgedichten und Beifallsbriefen geehrt.

Der Brief S. D. L. an die Cousine Rachel über die Seele der Thiere findet sich im 1. Buch der Memoiren zum Memoire XXI a und wird am Schlusse dieser Autobiographie übersetzt werden. In der hebräischen Zeitschrift Kochbe Jizchak findet sich ein Sonett Rachel Morpurgo's, welches wegen seiner Wichtigkeit (ausser dem lebhaften Geiste und angenehmen Style) in dieser Autobiographie erwähnt zu werden verdient. Luzzatto schrieb im Alter von 16 Jahren eine Poesie, die sich auf die talmudische Legende stützt,

Die Institutionen Soave's liessen mich sehr viele philosophische Schriftsteller kennen und ich kaufte mir Locke
in der Uebersetzung von Soave. Dann hatte ich das
Glück Condillac's Werke, 15 Kreutzer per Band, zu
kaufen.

Die geringe Anzahl der Bücher, und dass ich *nur einen*
auf einmal kaufen konnte, zwang mich langsam und mit
Ueberlegung zu lesen.

Ich fand auch zufällig einen grossen Catalog ital, frz.
und lateinischer Bücher, der mir eine Idee von einer
Universalliteratur beibrachte. Später [1817] lieh ich mir
das mehrbändige Nouveau dictionnaire historique von
1789 mit einem Supplement von 1805 aus, u. z. um mir
Kenntniss über Bücher, Schriftsteller und deren Biographie
zu verschaffen.

Die Ideen Locke's und die Methode Condillac's übten
immer eine gewisse Herrschaft über mich aus. Einen

---

dass die Thora einst den Nachkommen Ismæls und Esaus angeboten
wurde und dass Isræl das, was von den anderen Völkern zurückgewiesen
wurde, mit feurigen Herzen und inniger Dankbarkeit angenommen.
In dieser Dichtung nennt der jugendliche Dichter seine Cousine
noch ernster als die Thora selbst; denn während die göttliche Tochter
um Liebhaber gieng, wolle die Jungfrau aus dem Hause Morpurgo
nicht heirathen.
   Sie antwortete mit fast denselben Worten des Cousins, aber in einem
anderen Sinne, in einem Sonett, welches eine Stelle im Zohar zu
Grunde hatte. Sie sagt, die Thora habe *gerade deshalb* mit einem
grösseren Lichte über Israel geleuchtet, weil ihre strahlende Schönheit von anderen zurückgewiesen wurde, aber *sie* wisse dass ihre
Schönheit keinen Einfluss auf einen Mann haben könnte, dass ihr
spröder Sinn von einer versprochenen Liebe, welche nicht die Ein-
willigung der Eltern erhalten, herrühre, und dass der Messias selber
nicht, von ihrem Entschlusse ledig, zu bleiben, sie abbringen könnte.
Aber sie änderte doch schliesslich diesen Entschluss. —
   Luzzatto führte eine lebhafte Correspondenz mit Rachel und
widmete ihr einen Dankeshymnus in seinem autobiographischen
Gedicht, für ihren Rath und Unterstützung in literarischen Sachen.

unzerstörbaren Einfluss übten auf mich besonders folgende
Bände: Die Logik, l'art de penser, l'art d écrire und la
langue des calculs. Die Neigung concis und präcis zu
sprechen erbte ich von meinem Vater, und sie wurde genährt
durch den steten Gebrauch der hebräischen Sprache und
besonders des Raschi - Commentars zum Talmud [eine
Arbeit, die von mir stets bewundert und als bewundernswert
meinen Schülern angerühmt wurde,] und viele meiner ehemaligen Mitschüler erinnern sich, wie ich in kurzen Worten
ihnen die langen subtilen talmudischen Untersuchungen
unseres Lehrers, des Rabbiners Levi auseinandersetzte.
Ein solches Streben machte mir die Methode Condillac's
homogen, und wirkte deshalb mächtig auf mich. Das
Zusammentreffen so vieler Umstände verursachte bei mir,
dass ich jede Frage bis in das kleinste Detail zerlegte,
so zu sagen algebraisch zu denken, mir entschiedene Ansichten zu bilden, fast könnte man sagen überspannte
[outrées] und jeden vermittelnden Ausdruck zu vermeiden,
und den Syncretismus, die entgegengesetzten Systeme
zu versöhnen. Daher und aus natürlicher angeerbter Einfachheit des Charakters eignete ich mir die Art schneidend [tranchant] *zu schreiben und zu sprechen* an, die
manchmal sogar rauh und unangenehm klingt.

Die Klugheit, die Tochter des Alters und des Umganges
mit der Welt, strebt immer meinen Styl höflicher zu
machen, aber oft bricht die derbe Wahrheit durch (¹).

---

(¹) Nirgend zeigt sich dieser Freimut so klar als in seiner
angewurzelten Abneigung gegen das philosophische System Spinoza's,
so dass er bei jeder Gelegenheit den holländischen Pantheisten und
seine zahlreichen Gegner angreift.                                      S. M.

Im Catologo ragionato degli scritti sparsi di S. D, L. wird der
Grund hiervon auseinandergesetzt.                                       J. L.

Zur selben Zeit beschäftigte ich mich mit der Küche,
mit der Philosophie und der hebräischen Poesie. Der
Onkel Benedetto sprach häufig von seinem Vater Dr.
Isac und seinem Onkel Dr. Efraim, und da er häufig die
eine oder andere Dichtung vortrug und lobte, und seine
Tochter Rachel sich von Görz das Buch בני דנעורים
kommen liess, und es eigenhändig abschrieb, trug *diess*
viel dazu bei, in mir den Genius der hebräischen Poesie
zu nähren. Denn trotz der vielen grammatischen Fehler
wurde dieses Buch gelobt und in der Folge fühlte ich, dass dieser
Stil nicht eigentlich hebräisch war, sondern italienisch mit
hebräischen Worten, ich aber wollte nie das Lob der
Tüchtigkeit für das Opfer des Sprachgenius erhalten
und auch nicht die Tüchtigkeit der Töne durch Leere
der Gedanken gewinnen (¹).

Im Herbst 1815 hatte ich schon ein Bändchen mit
dem Titel בניר נעים geschrieben, welches 37 Gedichte
enthielt; darunter auch das סדר העבודה.

In meiner Kindheit hatte ich eine Vorliebe für Katzen,
und in diesem Jahre feierte ich in hebräischen Versen
das Leben und den Tod einiger Jndividuen dieser Thier-
art. Das auf Seite 28 des Kinnor naïm gedruckte Gedicht wurde auf auf eine Katze gemacht, und wo geschrieben steht:

---

(¹) Dieses absolute Urtheil Luzzatto's muss allen misfallen,
welche wie seine Cousine Rachel bewiesen haben, dass man nicht
genug lange die Süssigkeiten des Styles Efraim Luzzatto's kosten
kann. In der Voraussetzung, dass die Bne haneurim, wie der Name
sagt, eine Jugendarbeit war, besitzt sie trotz der poetischen
Licenzen, Soloecismen und ItalianismenVerdienste, welche die streng-
sten Puristen nicht wegleugnen können, und welche immer von den
Liebhabern des zierlichen Stiles werden gewürdigt werden.

S. M.

לְמִבְּטִן וְעַד שַׁלְטוֹן [vom kleinsten bis zum Fürsten
הלא תשלח שאול ידה streckt die Hölle ihre Hand aus]
stand ursprünglich לִמְקַטוֹן וְעַד נָטוֹן [von der kleinen
bis zur grossen Katze].

Als ich eines Abends zu Bette gieng, fand ich, dass die
Katze daselbst Junge geworfen hatte. Um sie nicht zu
stören, wachte ich die ganze Nacht und übersetzte zum
Zeitvertreib eine Canzone Metastasio's (Kinnor naïm p.
84) ([1]).

---

([1]) Einige der ersten Versuche L.'s, aut welche er hier
anspielt, wurden in Wien separat veröffentlicht u. z. unter dem
Titel: כִּנּוֹר נָעִים. Viele andere sahen kürzlich das Licht unter
dem Titel כִּנּוֹר נָעִים חֵלֶק שֵׁנִי. Ueber das 37 Gedichte enthaltende Bändchen hat der Rabb. M. Coen Porto in dem
bereits erwähnten Werke berichtet. Von diesen 37 sind 4 der
Beschreibung der Katzen oder einer Elegie über deren Tod gewidmet.
Wie alltäglich auch der Gegenstand sei, es zeigt doch immer die
Biegsamkeit der hebräischen Sprache, in der Hand eines geschickten
Schriftstellers.
Der Herausgeber des 2ten Theiles sollte eine Auswahl zwischen
den vielen noch nicht veröffentlichten Gedichten treffen und sich
dabei auf das Urtheil competenter Personen stützen. Doch sollte
er solche weglassen, welche wenn auch Perlen des hebräischen
Stiles, einen gemeinen Gegenstand behandeln und daher nicht
wichtig genug sind, der Öffentlichkeit übergeben zu werden. Jedoch
könnten einige hievon nach der Ansicht des trefflichen V. Zelman
in einer vollständigen Biographie L.'s ihren Platz finden.
Einige verdienen eine besondere Erwähnung, weil sie die Entwickelung eines sehr hohen moralischen Gefühles bekunden. So
zB. drückt sich der jugendliche Autor aus, um das Leben der Rechtlichkeit seinen Zeitgenossen zu schildern: *Mensch! Schmücke deinen
Geist mit Wissen, aber nicht mit Stolz! Halte dein Herz an den, der
dir gut will, aber lass keinen Hass gegen den einschleichen, der dich
beleidigt. Wenn du glücklich bist, laufe nicht der Sünde nach; wenn
unglücklich, vergrössere es nicht durch Zorn. Erwäge wol deine
Gedanken, damit die verübten Handlungen nicht mangelhaft befunden
werden. Sei nicht neugierig, bewahre dein Geheimniss. Breite einen
Schleier über deine Augen, damit sie nicht einen gierigen Blick auf
etwas Unerlaubtes werfen.*

Im Jahre 1814 schrieb ich in meinen Memoiren einen lächerlichen Plan über Arbeiten der biblischen Literatur, im Laufe von 26 Jahren zu vollenden.

Es handelte sich darum eine vollständige Concordanz über Hauptwörter, Zeitwörter, Partikeln, Servil-buchstaben und Eigennamen zusammenzustellen, eine Arbeit für 6 Jahre: eine Uebersetzung 3 Jahre, ein grammatischer Commentar zur Bibel 3 Jahre; ein hebräisch-ital. und ital. hebr. Wb. 2 Jahre; ein biblischer Commentar, dem Talmud entlehnt, 2 Jahre, ein wissenschaftlicher Commentar der Bibel, mit einem Verzeichniss der Gesetze, in Versen אזהרות 5 Jahre, eine Abhandlung über die Wissenschaften, aus dem oben erwähnten Commentar gebildet, 3 Jahre.

An eine regelmässige Ausführung dieses Planes habe ich *nie* gedacht, (¹) und er wurde von mir in einem Jargon niedergeschrieben, den ich mir frühzeitig bildete.

------

Ueber das Benehmen der Frau schreibt er:
„Ehre deinen Mann und liebe ihn immer: verheimliche jedem die Fehler, die sein Umgang dir bereitet, damit er durch deine Unvorsichtigkeit nicht Gift schlucke. Sei rasch in der That, aber überstürze dich nicht. Erfülle ruhig die Pflichten in der Leitung Deines Hauswesens, suche aber nicht, dass andere dich beschäftigt sehen. Meide die Eitelkeit, verabscheue das Unrecht. Sei die Stütze deines Hauses: eine Genossin von seltenem Werte.

S. M.

(¹) Die Schüler Luzzatto's, welche sich mehr als seine Söhne erlauben durften, tadelten häufig ihren Meister, dass er nicht seine Arbeiten gänzlich vollende. Aber sei es, dass seine Natur Abwechslung in seiner ungeheuren literarischen Thätigkeit forderte, sei es, dass äussere Ursachen seine Gedanken von der Mission, die er sich gestellt, ihn abgewandt, es ist jedenfalls zu bedauern, dass so manche Werke des Professor's von Padua unvollendet geblieben sind. Selbst die Ebräische Grammatik, an der er von seiner Jugend bis in seine letzten Tage arbeitete, ist nicht so vollendet, wie er es wünschte.

S. M.

Wahrscheinlich wollte ich nicht, dass andere meine Pläne kennen, bevor sie nicht zum Theile wenigstens ausgeführt worden.

Das Verzeichniss der Vorschriften, mit einer neuen Klassification und neuen Aufzählung, unabhängig von der des Maimonides wurde von mir am 17. Juli 1814 begonnen, aber nicht zu Ende geführt. (¹).

Nachdem ich die öffentlicheSchule verlassen, beschäftigte ich mich nach Möglichkeit mit der Literatur der hebräischen, italienischen und französischen Sprache, nicht so mit der lateinischen und deutschen, wo ich mit Mühe ein Buch allein lesen konnte.

Ende 1814 regte sich in mir der lebhafte Wunsch, von dem ich nicht weiss, ob dabei ausschliesslich wissenschaftlicher Trieb oder der Rath einiger Verwandten Medicin zu studiren, den Ausschlag gab. Mein Vater wollte mich nach Padua schicken, aber er hatte nicht die Mittel hiezu und ich gab mich, ohne Hoffnung auf die Universität zu kommen, heiter dem Studium des Lateinischen hin, nachdem ich es vor 20 Monaten gänzlich aufgegeben hatte. Dieses war für mich eine unnütze Arbeit und es war für mich ein Glück, dass ich bei meinem Onkel Juda Lolli das Lexicon talmudicum von Buxtorf, und das Lexicon sermonis hebraici et chaldaici von Coccejus, welche mich mehr als alle lateinischen Classiker interessirten und die

(¹) Es ist bekannt, dass sämtliche Gebote von den Rabbinen in 2 Theile u. z. 248 Ge- und 365 Verbote getheilt wurden L. theilte sie in 7Klassen 1. unsere Pflichten gegen Gott 2. vom Götzendienst sich zu enthalten 3. die Pflichten des Mannes 4. die Pflichten der Frau 5. die Pflichten gegen unsere Nebenmenschen 6. die Pflichten der Richter 6. die Pflichten der Priester; er zählt 295 auf, und verwirft einige von den alten angenommene.

S. M.

glühende Liebe zu diesem Studium in mir wachhielten, fand. (¹)
Ich besass ein kleines lat. ital. und ein ital. lat. Lexicon
von meinem Grossvater, der auch diese Studien begonnen
hatte, um die medicinische Carrière zu betreten.

(¹) Dr. Saul Formiggini drückt sich in seinen Ricordi gio-
vanili a proposito della dipartita di S. D. Luzzatto (Jugenderin-
nerungen bei Gelegenheit des Todes S. D. Luzzatto's) im Corriere
Israelitico (1865—6 p. 211—7) folgendermassen über die Kenntnisse Luzzatto's aus: Als ich zum מַכְּוֹן kam, sah ich zum 1.
mal den aussergewöhnlichen Jüngling, etwas demüthig, mit grossen
fast bäuerischen Schuhen, welcher in der Neuen Welt jener Zeit
wohnte — denket Euch! in der Via Pondares — als er in unser
Haus kam, die Rede zu hören, welche ich damals in der Scuola
vivante vortrug. Er war 20 Jahre alt, sprach wenig und hatte
wenig Welt, jedoch merkte man ihm den tiefen Denker an, und er
gab einige Lectionen. – Ich studirte privat latein bei dem Abt
Prof. Ludwig Romano, besuchte die kgl. Academie und der junge
Luzzatto kam zu mir, hörte die Lectionen jener Sprache, die er
allein gelernt hatte und die er besser als ich wusste und in der
Zwischenzeit sagte er mir die Erklärung einiger Bibelstellen die
von seinem Vater Ezechia herrührten, den man gewöhnlich den
*Drechsler* nannte, weil er dieses Handwerk übte . . . . . .
Wenig, aber ausgewählt sind die Briefe, die er mir nach meiner
Ankunft nach Padua schrieb. Der erste, den ich finde, ist vom 9.
October 1822, in welchem er mir sehr gute Ratschläge betreff des
Studiums der Philosophie ertheilte, der eine ist lateinisch in elegantem
Styl abgefasst und auf meine Anfrage über literarische Neuigkeiten
schreibt Luzzatto in seinem Briefe vom 25. Jänner 1824 folgendes:
Quid cum talarigero Numine aegidiferae Deae. A te dilecte, a te
qui in omnium disciplinarium Regia vitam jucundissimam agis,
eruditae ephemeredes petendae sunt. (Wozu muss Mercur zu
Minerva kommen? Es ist an dich, dessen Lebensfreude in der
Untersuchung der Wahrheit besteht, literarische Notizen zu verlangen).
Das 5. Gedicht im Kinnor naïm ist eine Uebersetzung des lat.
De consolatione philosophiae von Boethius, und auch im zweiten
kürzlich veröffentlichten Theile finden sich ähnliche Uebersetzungen
aus dem lateinischen.

S. M

Die Briefe meines Vaters an seinen geliebten Freund Dr. Saul
Formiggini wurden mir von seiner Wittwe geschenkt, und danke ich
ihr für die freundliche Gabe öffentlich.
Er schrieb auch sonst lateinische Briefe an die Professoren Gesenius und Martinet und an andere deutsche Gelehrte, verfasste

Das deutsche ernst zu betreiben hatte ich, so lange ich
in der Heimat blieb, keine Gelegenheit. Unter den
Prämienbüchern, die ich in der Talmudthora erhielt, war
eine schöne illustrirte Naturgeschichte und ich las und
übersetzte sie mit Vergnügen. Später verschaffte ich mir
Mendelssohn's philosophische Schriften, die ich theilweise
las und übersetzte. Bei meinen Uebersetzungen benutzte
ich Flathes deutsch-ital. Wb, das aber unvollständig war,
und das mir mein Vater um 15 Kreutzer von einem
Tabakverschleisser kaufte, als ich noch die Schule besuchte.
Auch das oben erwähnte Lexicon hebraicum von Coccejus
war mir für das deutsche nützlich. Das erste Buch, das
ich *vollständig* las, war, glaube ich, das *Lehrgebäude* von
Gesenius, welches ich jedoch erst in März 1829, einige
Monate, bevor ich Triest verliess, kaufte.

In Padua zwangen mich Gesenius' Jesaja, die *Kritische
Grammatik* Ewald's, Jost'sGeschichte, die gottesdienstlichen
Vorträge von *Zunz*, deutsch zu lesen und erleichterten
mir so die Lectüre der übrigen zeitgenössischen jüdischen
Schriften. Jedoch hatte ich nie genügende Anregung deutsch
zu sprechen und zu schreiben, ebensowenig die deutsche
Schrift zu lesen, weshalb diejenigen die mir in dieser

auch lateinische Grabinschriften und andere Gelegenheitsgedichte,
die bis jetzt noch nicht veröffentlicht wurden und viele Widmungen
seiner Werke an ausländische Gelehrte, von welchen ich eine Abschrift bewahre. Ausser den nicht veröffentlichten Schriften sind
es noch folgende: „Chrestomathia Samaritana complectens: I
Capita quaedam Pentatenchi ex Samaritana versione II Carmina
Sam. a Cl. Guil. Gesenio, Lipsiae 1824 edita, III Epistolae Sama-
riticae ad Johum Ludolphum et Silv. de Sacy, hebraicis literis
descripsit. puncta vocalia adjecit, carminum versionem plurimis in
locis emendavit omniaque notis illustravit S. D. L. (ein kaum begonnenes Werk). Fundamenta hebraicae atque aramaicae grama-
tices nova methodo illustravit S. D. L. (2 Mss. in folio, das eine
46, das andere 10 Seiten).

J. L.

Sprache schreiben, mir lieber mit lateinischen Buchstaben schreiben sollten.

Um zur Geschichte meiner Jugend zurückzukehren, so berichte ich, dass ich im Jahre 1815 und 1816 hebräische Bücher mit meinem Vater sowol, auch allein las, mit ihm das Drechslerhandwerk übte, das Hauswesen besorgte und alle Bücher las, die der Zufall oder die Vorsehung mir in die Hände brachte, und machte auch ebräische Verse, durchsuchte alte Bücher und Blätter und sammelte besonders jede Art der hebräischen Pœsie, besuchte den Friedhof, schrieb Grabinschriften ab (ohne Datum und Namen der Begrabenen) und begann die Zusammenstellung einer hebräischen Anthologie von alten und modernen Autoren, edirt und unedirt, schrieb kritische Noten gegen die Authenticität des Zohar, exegetische Noten, ohne die Accente und Vocalzeichen zu beachten, worunter, אשדת (Deut. 32, 2) אשדת הפסגה vor אשדת und וכוב ימית statt ובימו מית (Koheleth 10, 1) manchmal sogar mit Vertauschung der Buchstaben des Textes z. B. ומימללוי איש טוב statt ומימללוין (Sprüche Sal. XIV 14).

Unter den vielen Dichtungen von 1815 war ein Sonett gegen Dichterlinge. Im Mai 1816 wurde bei einer sehr feierlichen Gelegenheit in Triest von einer geachteten Person ein Gedicht veröffentlicht, in welchem mir mehrere Fehler zu sein schienen. Der Umstand, dass ich ein tadelndes Sonett schon fertig hatte, war für mich sehr verlockend und am 22. desselben Monates legte ich dieses Sonett in die Thüre dieser geachteten Person.

Da aber alle Versuche den Autor zu entdecken vergebens waren; (einer errieth es, aber ich war so unbekannt, dass seine Vermuthung als unbegründet zurückgewiesen wurde) wurde ein Heft gedruckt, wo mein Sonett mit vielen Schimpfwörtern in Prosa und in Versen von 3 verschiedenen Dichtern begleitet wurde. Es schmerzt mich noch jetzt diess gethan zu haben, da ich einer achtbaren Person Kummer verursachte, die jetzt bereits seit mehreren Jahren todt ist, und gestehe von selbst meine Schuld nach mehr als 30 Jahren, wo ich dieses Incognito gewahrt habe.

Unter den Büchern, die ich damals las, interessirte mich sehr das Buch: Les *caractères* von La Bruyère, dessen Laconismus mir sehr sympathisch war und besonders machte folgender Gedanke auf mich einen tiefen Eindruck: Celui qui n'a égard en écrivant qu'au goût de son siècle, songe plus à sa personne, qu'à ses écrits. Il faut toujours tendre à la perfection et alors cette justice, qui nous est quelquefois refusée par nos contemporains, la postérité sait nous la rendre. (Derjenige, der während seiner schriftstellerischen Thätigkeit *nur* auf sein Jahrhundert Rücksicht nimmt, denkt mehr an sich als an seine Schriften. Man muss immer nach Vollkommenheit streben, dann lässt die Nachwelt uns *die* Gerechtigkeit wiederfahren, die die Zeitgenossen uns verweigern). Diese Zeilen haben auf mich gewirkt, oder haben sie mir gefallen, weil ich die Sache bereits verstanden.

Mit Begeisterung las ich auch in jener Zeit das Leben Mendelssohns von Euchel. Zur selben Zeit trieb mich der Rabbiner Levi zur rabbinischen Carrière an und versprach mir zu 20 Jahren einen Rabbinatsposten zu geben. Ich aber nahm es nicht an. Ich sagte mir: Die rabbinischen Studien geben Brot, da wird kein Mangel an solchen Personen sein, aber die exegetischen, sprachlichen und kritischen Studien werden vernachlässigt und es ist meine Pflicht mich ihnen zu widmen. Übrigens machten meine natürliche Schüchternheit, meine schwache

Stimme mir das Predigen unmöglich. (¹) wenigstens hielt ich mich dazu für unfähig.

Der Rabbiner Levi stellte den anderen Schülern einen ähnlichen Antrag und sagte. Luzzatto will ein רַבֵּן und kein מוֹרֵנוּ werden.

Bis zum Sommer 1816 besuchte ich täglich seine talmudischen Vorlesungen, sie wurden mir zu schwer; aber nicht aus Schuld des Lehres, sondern wegen der Unwissenheit und Unachtsamkeit der Schüler, die den Lehrer zwangen, sehr langsam vorwärts zu schreiten.

Sie rächten sich an diesem schwierigen Studium, dass sie die geringste Gelegenheit zur Zerstreuung und zum Lachen benutzten, und wenn getadelt, warfen sie einander die Schuld zu. Auch ich lieferte ihnen mit manchem unschuldigen Scherz, mit manchem ernsten gelehrten Worte, das ihre Kenntnisse überragte, Stoff zum Lachen. Einst, wo ich zufällig nicht die Ursache ihrer Zerstreuung war, sagte der Rabbiner erzürnt und hierüber schlecht unterrichtet, zu mir: Wenn Sie hier nur den לֵיצָנִים (Narren) abgeben wollen, können Sie zu Hause bleiben.

Und ich gieng nicht mehr hin.

Gleichzeitig besuchte ich seit einiger Zeit das Haus Cologna's, der erblindet war. schrieb und las ihm alles, was er brauchte, denn obwol des Augenlichtes beraubt, predigte er jeden Sabbat und führte in seinen Reden nicht nur biblische, sondern auch italienische

---

(¹) In der That wurden seine moralischen-und historisch-religiösen Reden, die für die israel. Studenten der Paduaner Universitaet bestimmt waren, von anderen vorgelesen. Nur eine oder 2 Reden las er in dem ersten Jahre des Rabbinischen Institut-Be-standes.

J. L.

und lateinische Citate an. Die hohe Verehrung, die
ich gegen ihn fühlte, verringerte sich bedeutend, als ich
ihn näher kennen lernte. Seine grosse Gelehrsamkeit
schien mehr Sache des Gedächtnisses als des Ver-
ständnisses, die Gedanken, die sein Geist schuf und die
das Wesen seiner Reden bildeten, waren Wortgeklingel,
sein Charakter schien mir egoistisch, denn er liess mich
nie etwas lesen, was *mir* hätte nützen können, besonders
da mein Vater ihn gebeten mich lateinisch lesen zu lassen
und seine Eigenliebe mir recht kleinlich schien, da er
sich über den Beifall, den man seinen schalen Witzen
schenkte, freute.

Der arme Mann würde ein milderes Urtheil verdienen,
ich aber beurtheile ihn nicht, sondern sage meine Meinung, die ich seit 30 Jahren über ihn habe.

Eines Tages endlich war Rabb. Levi von seinem Land-
aufenthalt in die Stadt zurückgekehrt und C. bat mich in
seinem Namen ihn zu begrüssen. Ich war schon einige
Monate von den Vorlesungen des Rabb. Levi abwesend,
hatte also nicht den Mut, und wollte auch die Ursache
hievon dem Cologna nicht mittheilen. Er sah mein Verlegenheit und schrieb sie meiner Schüchternheit und
meinem Mangel an Höflichkeit zu. Darauf predigte er
mir über Derech Erez (Höflichkeit) und sagte דֶּרֶךְ אֶרֶץ

קָדְמָה לַתּוֹרָה und wollte in meiner Begleitung den
Besuch machen. Meine Verlegenheit verdoppelte sich,
aber dagegen war nichts einzuwenden. Ich gieng also mit
ihm, zum Glücke aber war der Rabbiner nicht zu
Hause. Eine verwittwete Tochter war da, und er bat
sie, 1000 Empfehlungen ihrem Vater zu überbringen, gebrauchte auch den Satz אִילָן אִילָן בַּמָּה אֲבָרֶכְךָ

und fügte hinzu, dass sie den Sinn dieses Wortes wol verstehe [eine Sache, von der das Gegentheil bekannt war]. Endlich giengen wir nach Hause und ich führte ihn nach Hause, und auf dem Wege setzte er seine Predigt über Derech Erez fort; und derjenige, der ihn nicht gekannt hätte, hätte glauben müssen, es sei Schmeichelei und niedrige Heuchelei, und ich wurde davon so angeekelt, dass ich nicht mehr dahin kehrte.

Das war der 25. August, der 1. Ellul, mein 16. Geburtstag.

Der Ekel, den diese falsche Höflichkeit gegen einen Mann, den er nicht achtete u. z. weil er ihn für einen Asiaten, bar jeder europäischen Cultur hielt, hervorbrachte, liess mich die einfache Tugend das ungebildeten Jerosolimitaners höher achten, und den höflichen Worten misstrauen, welche übrigens meinem Vater ganz fremd waren. Die Lectüre des Artikels *Paris* von *d' Jaucourt* in der alten Encyclopädie (von d' Alembert) verband in meinem Geiste alle Laster mit dem Charakter der Athener, und liess mich jener falschen Höflichkeit den Namen Atticismus beilegen.

Ich blieb damals ganz ohne Lehrer, aber der Himmel hatte für meine Bedürfnisse bereits gesorgt.

Im Mai 1816 kam von Görz nach Triest als Hofmeister in ein achtbares Haus mein Cousin Samuel Vita, Sohn David Lolli's (שׁמחזבל) und blieb in Triest. Er war mein intimster Freund.

Meine Schüchternheit und die Ungleichheit des Alters [er war 13 Jahre älter] bewirkte, dass wir erst nach 6 Monaten uns recht kennen lernten, aber nach geschlossener Bekanntschaft wurden unsere Herzen nur durch den Tod getrennt. In dem Zeitraum von 2½ Jahren, die er in Triest war, vergieng kein Tag, wo wir nicht ein oder 2

Stunden zusammen waren. In einigen Dingen besser unterrichtet als ich, mit einem äusserst klaren Geiste begabt und ein aufrichtiger Freund der Wahrheit, diente mir seine Ueberlegenheit zum Sporn, sein Tadel zum Zügel und seine Freundschaft als Stütze und Trost in meinen Arbeiten und meiner Isolirung. Jede Arbeit zeigte ich ihm, jeden meiner Gedanken theilte ich ihm mit, und die freundschaftliche Unterredung war immer lehrreich und vortheilhaft. Unsere Ansichten waren in einigen Principien verschieden: er plaidirte für die cabbalistischen Bücher, ich für das selbstständige Urtheil. Solche Discussionen schärften unsern Geist, ohne den Frieden unserer Freundschaft oder die Bande, die unsere Herzen vereinigten, zu lockern.

Seiner Freundschaft verdanke ich auch die des berühmten J. S. Reggio. [1]

---

[1] Um die Gefühle, welche diese 2 grossen und guten Männer vereinigte, gebührend zu schildern, müsste man die Correspondenz, die in den Bikkure haittim veröffentlicht ist, und auf welche im Ozar Nechmad und in anderen jüdischen Zeitschriften, an welchen Luzzatto mitarbeitete, angespielt wird, reproduciren.

Es möge die Mittheilung genügen, dass während Samuel Vita Lolli in Triest als Privatlehrer und später in Görz als Lehrer an der Tamud-Thora wirkte, er seinen Vater durch Wort und That ermunterte, in seinen kritischen Untersuchungen fortzufahren, die die heilige Litteratur so sehr bereicherten.

Ich bin sicher, dass wenn dieser Mann eine seinem ungeheuren Wissen und seltenem Scharfsinn entsprechende Stellung gefunden hätte, er nachhaltige Spuren auf dem Gebiete der talmudischen Litteratur zurückgelassen hätte.

Trotzdem besteht noch von ihm eine hebräische Grammatik und viele unedirte hebräische und italienische an seinen Freund gerichtete Briefe, die vielleicht eines Tags veröffentlicht, meine Aussage bestätigen werden.

J. L.

Man sehe die אַקְדָמוּת מִלִּין auf Seite 206 des II. Theiles von Kinnor naïm.

Im Jahre 1817 sammelte ich in einem Werke, betitelt מַאֲמַר הַנִּקּוּד alle meine Gründe gegen das Alter der Vocal = und Accentzeichen und der cabbalistischen Bücher. Mein Freund wollte mich des Irrthums überführen und schrieb seinem Freunde Reggio, theilte ihm einen kurzen Bericht über mein Werk mit und schilderte mit den schrecklichsten Farben die anticabbalistischen Consequenzen, die ich aus der Jugend der Accent - und Vocalzeichen zog. Im Mai dieses Jahres antwortete ihm Reggio und widerlegte mich. Ich schrieb seinen Brief in meine Memoiren und widerlegte ihn. Lolli schrieb wieder an Reggio und erhielt einen langen gelehrten Brief, der damit schloss, dass er von jeder weiteren Antwort hierüber sich enthalten wolle. תְּעוּב מַאֲמָרוּ עַל הַנִּקּוּד יָבֵשׁ הָיָה וְנִקּוּדִים. Auch dieser Brief wurde von mir übersetzt und widerlegt. Endlich begab sich Reggio im September 1818 nach Triest, wir machten persönliche Bekanntschaft, die uns vereinte und welche, wie man weiter sehen wird (¹), mir von grossem Vortheil war. (²)

----

(¹) Diese hochinteressante Correspondenz wurde nur zum Theile in verschiedenen hebräischen, deutschen und italienischen Zeitschriften veröffentlicht. Der Rest findet sich beim Dr. Isaja Luzzatto. Einige dieser Briefe wurden 1876 im Vessillo israelitico veröffentlicht. Was Luzzatto für das Wol seiner Glaubensgenossen geschaffen, hiesse wiederholen, was in die Geschichte eingegraben ist. Aber da diese 2 berühmten Männer todt sind, so möge der Leser selber urtheilen, wer von beiden das sich gesteckte edle Ziel besser erreicht.
Reggio wurde von keinem modernen hebräischen Schriftsteller übertroffen. Sein Stil ist wie ein klarer Bach. Er beherrscht so vollständig die heilige Sprache, dass er sowoi beim Erklären wie beim Philosophiren, in der Correspodenz oder in der Behandlung der abstrusestenGegenstände, klar ist; dieSätze die seinerFeder entstammen

(²) Aus dieser Stelle sieht man, dass er bei der ersten Periode nicht stehen bleiben wollte.

Doch kehren wir zum Jahre 1817 zurück. Meine
kritischen und exegetischen Studien wurden immer von

sind niemals schwer zu verstehen. Als Literat hat der Professor
der schönen Künste und der Humanitaet in Görz wenige seines
Gleichen. Es war kein eitles Rühmen in einem seiner Werke,
dass er 1000e von Büchern geprüft. Er besass in sehr hohen Grade
einen analytischen Geist. Was seinen poetischen Genius betrifft,
so würde die schöne italienische Uebersetzung Isaja's, wo die Gefühle des Profeten in auffallender Weise in verschiedenen Rythmen
wiedergegeben sind, genügen deren Reichthum und Kraft zu
zeigen. Die Weite des Genius von Isac Reggio ist immer sehr
mächtig, aber seine religiösen Ideen sind nicht in gleicher Weise
gesund. Hierin übertraf ihn sein Freund, dem er Ratschläge ertheilt, bei weitem. Niemand ist mutiger als Luzzatto im Aus-
drucke seiner Ansicht, so sehr, dass er oft eine rück-
sichtslose Opposition hervorrief.

Aber in all seinen Schriften erscheint er mit einem schneidenden
Schwerte, um das historische Studium zu vertheidigen, indem
er mit seiner rechten Hand die Feinde der Tradition und mit
der linken die Häretiker, die philosophiren, zurückdrängte.
Reggio behauptet die rabbinische Autoritaet in seiner Einleitung und in seinen Commentarien zum Pentateuch; hingegen
greift er sie in seinem Examen traditionis an. Bald erhebt er
die Lehrer der Mischnah und des Talmud in den Himmel und
empfiehlt ihre Lehren allen Israeliten, bald wieder verurtheilt
er beides. In dem Bestreben, die Wissenschaft mit der Offenbarung zu vereinen, kommt Reggio zu Accomodements, die der
Mann von Triest verwerfen würde.

Im Ozar nechmad des Jahres 1856 schildert ein Kritiker den
Unterschied zwischen beiden treffend wie folgt: Jene, welche
das Buch התורה והפילוסופיאה von Reggio gelesen haben,
wissen, wie sehr er sich bemüht den Streit der Wissenschaft
gegen die Offenbarung zu stillen. Hier steht er in offenem
Widerspruch mit Luzzatto.

In Reggio's Schriften wird kein Kriegselement eine furchtbare
Macht, so dass eine Versöhnung nicht schwer wird. Der Glaube
kann die Philosophie auf ihr Niveau bringen, aber die Philosophie
vermag nie den Glauben zu besigen.

Luzzatto ist hingegen stechend, schneidend, immer bewaffnet,
glühend, kühn in seinen Gedanken, aufrichtig bis über die
Schranken des Anstandes hinweg, entschieden, selbst wenn er
jemand Lügen strafen müsste; immer sich selbst gleich, immer
bereit aus Liebe zur Wahrheit seinen Irrthum einzugestehen.
Er hat einen festen Willen, ist ein Feind jeder Vermittlung
und jeder Verhandlung; er zieht eine Linie, und weist jedem
Gegenstande seine Stellung an. Während man s einen uner-
schrockenen Kritiker, der jede Gewalt von sich abweist, findet,
ist er in Bezug auf den Glauben ein Kind, ein Wesen, das sich
ganz dem alten Glauben hingibt.                           S. M.

Uebungen in der hebräischen Pœsie und Memoiren in italienischer Sprache über den hebräischen Stil älterer und modernerer Dichter unterbrochen. Hier 2 kurze Proben:

„Man muss wol darauf achten, auch nicht ein einziges Wort zu gebrauchen bloss um den Vers zu ergänzen oder um bloss zu reimen. Vielen Versen würde nichts fehlen wenn man ihnen das Wort, welches den Reim bildet, wegnehmen würde. Das Machsor ist voll davon. So sagt auch David Kimchi:

אשר למד ותורה לי לקנין
ולא למד יסוד דקדוק ולא בן
כמו חורש אשר ינהג שורים
וידו מבלי מלמד ודרבן

Nehmen wir die letzten Worte weg:

אשר למד ותורה ולו, ולא למד יסוד דקדוק
כמו חורש אשר ינהג' וידו מבלי מלמד (מכליל)

und der Sinn ist ganz derselbe.

Memoiren p. 80.

Es ist nützlich, schwierige aber kurze Dinge zu beginnen, um die Trägheit und Lässigkeit zu überwinden, jedoch soll man sich nicht in längeren Arbeiten abmühen, da man solche nicht im jugendlichen Alter vollenden kann.

Man fange mit gereimten Versen, nicht mit freien an; denn wenn man den Reim sucht, wird man Übung gewinnen und auch für die freien Verse Unterstützung finden, wo man den Reim eben nicht braucht. So schrieb auch Rabbi Meschullam bar Kalonymos nachdem er [wahrscheinlich] sich zuerst in gereimten Versen geübt sein edles Gedicht עבודה in freien Versen, von welchen ich gestehe, dass sie mehr Schönheiten als meine enthalten,

84

nur sind sie zu concis und an manchen Stellen sind die
Anfangsworte zu knapp, wie bei שׁאַג סדרי יָים was für
einen Löwen, aber nicht für einen Mann passte." ([1])

Memoiren p. 83.

Die Ode auf den Tod, gedruckt p. 108 des Kinnor
naïm wurde begonnen und vollendet Freitag den 5.
September 1817 bei Gelegenheit des Absterbens eines
gewissen Mayer Luzzatto, eines kerngesunden Mannes,
der den 24. August in unser Haus wohnen kam, von einem
hitzigen Fieber befallen, in eben dem Hause starb und
Weib und Kinder in der grössten Verzweiflung zurückliess.

In diesem und im folgenden Jahre las ich viele wich-
tige italienische und französische Werke, die mir für
einem Gulden monatlich von einem Buchhändler geliehen
worden, nachdem ich eine Caution von 4 fl. erlegt
hatte.

1818 begann ich einen philosophisch-theologischen
Tractat unter dem Titel תורה נדרשׁת welches unvollständig blieb.

Das ist der Titel der 24 Kapitel, die ich geschrieben,
die ich aber nicht vollkommen billige.

---

([1]) Der Leser wird in der Arbeit: Introduzione critica
ed ermeneutica al Pentateuco einen grossen Theil dessen, was
die Autobiographie hier bringt, finden. Die ersten 12 Capitel dieses
Werkes wurden vom Autor selbst in den Kochbe Jizchak XVI
XVII, XXI, XXII, XXIII, XXIV, XXVI veröffentlicht und das
übrige noch nicht veröffentlichte wurde vom Rabb. M. Coen
Porto in's italienische übersetzt und erscheint in Levi's Mosè.
Nähere Auskünfte über den 1. Theil findet man bei Prof. Marco Tedeschi
(Due discorsi in morte di S. D. Luzzatto. Trieste 1866 p. 36
und 37.)

S. M.

1) Nothwendigkeit der Selbsterkenntniss, wann und wie wir von unserer Erkenntniss Gebrauch machen müssen.

2) Auch in religiösen Dingen ist der Gebrauch der Vernunft nothwendig, das ist aber nicht jedermannes Sache.

3) Den 5 Sinnen muss man unbedingt Glauben schenken, Widerlegung des Idealismus.

4) Dem inneren Sinne (Gewissen) muss man Gehör leisten.

5) Man muss dem Gedächtnisse Glauben schenken.

6) Die 5 äusseren Sinne, der innere Sinn und dasGedächtniss sind die unbeweisbaren, aber auch unbestreitbarenGrundlagen unsererUrtheile. DerIntellekt schafft nicht, sondern entdeckt mittelst Analyse eine Verwandschaft zwischen dem Bekannten und Unbekannten. Nominalfragen (dh. wo der Gegenstand der Untersuchung von uns ausgeht und ganz definirt werden kann) und Realfragen (wo derGegenstand nicht von uns erschaffen wurde, also nicht vollständig definirt werden kann). AbsoluteUniversalität gehört ausschliesslich den Nominalfragen. Bei Realfragen muss man immer hinzufügen: Wenn die Natur sich nicht verändert.

7) Was nicht den Sinnen (den äusseren und dem inneren] zugänglich ist, übersteigt die menschliche Fassungskraft. Leugnen der angeborenen Ideen und der Grundsätze a priori. Axiome sind Nominalurtheile.

8) Wir haben kein Recht, die Wunder zu leugnen. Die profetischen Bücher sollen unsere Sinne nicht Lügen strafen.

9) Trägheit und Ehrgeiz sind die Quellen unserer Irrthümer.

10) Unsere Sinne widerstreiten nicht dem Pentateuch.

11) Wir haben kein Recht die Willensfreiheit zu leugnen.

12) Der Pentateueh ist nicht im Widerspruch mit sich selbst.

13) Der Pentateuch steht nicht im Widerspruch mit der göttlichen Gerechtigkeit.

14) Versöhnung scheinbarer Widersprüche im Pentateuch.

15) Der Pentateuch widerspricht nicht der Willensfreiheit.

16) Der Pentateuch setzt nicht die Vereinbarkeit der göttlichen Allwissenheit mit der Willensfreiheit voraus.

17) Authenticitæt des Pentateuch's.

18) Die 70 haben nicht nur den Pentateuch übersetzt.

19) Der Pentateuch wurde nach Esra nicht absichtlich verändert.

20) Widerlegung der angeblichen Verbesserungen der Soferim (סופרים תקון מלין יח׳)

21) Der Pentateuch wurde vor Esra nicht willentlich geändert. Das letzte Capitel des Deuteronomiums wurde jedoch zum Buche Josua hinzugefügt.

22) Erklärung des angeblichen Fundes des Gesetzbuches unter dem Könige Josia (siehe die Zeitschrift Zijon I 143, 144).

23) Die Thoraexemplare wurden nie verbrannt oder zerstört, weder ganz noch theilweise.

24) Widerlegung der von Ibn Esra angenommmenen Einschaltungen im Pentateuch. (¹)

---

(¹) Das Gedicht, wo der Autor die Vorsehung vertheidigt, wurde in Wien veröffentlicht. Es ist im 14. Bande der Kochbe Jizchak, und wurde im 2. Theile Kinnor naïm wieder gedruckt,

Unter den verschiedenen von mir verfassten Gedichten ist ein kleines Gedicht in Octavreimen u.d. T. הלילך

Aber einige Auszüge von 2 Briefen, an einen seiner liebsten Schüler Abraham Mainster und an seinen Sohn Isaja, haben ein Recht in stetem Angedenken neben dem Gedichte zu stehen. Im October 1841 schrieb unser Autor: Nur Mut, mein lieber Freund, und Vertrauen auf die Vorsehung. Wer weiss, ob wir nicht, einmal noch die Gesetze der Vorsehung entdecken *Die Geschichte der Nemesis von Baco*. Aber er fühlte nicht genug die Sache, um den Gegenstand in seiner ganzen Ausdehnung zu erfassen. Er war bestechlich, und deshalb verlor er sein Amt als Reichskanzler Englands. Er hatte also kein Vertrauen auf die Vorsehung. Die Wissenschaft, die ich wünsche ist: *Transscendentale Naturtheologie. Sie würde lehren: Nichts kommt zufällig. Es gibt keine unbedeutende Sache. Gutes und Böses ist in gleichem Masse vertheilt. Alles ist vorherbestimmt.*. Es ist keine Freiheit. Unendliche Täuschungen sind vorherbestimmt. Verdienst und Schuld, vorherbestimmte Freiheit. *Sogar wirklicher Lohn und Strafe sind vorherbestimmt, häufig jedoch verborgen* (diese bilden die Historia Nemeseos von Baco). Schwierig aber bleibt es, zu wissen, in welchen Fällen die patente, und wann wieder die latente Vorsehung wirkt. Die latente ist nothwendig, um die Illussion zu wahren. Die patente wiederum, damit der Gedanke an Gott nicht untergehe. Wann aber tritt diese und wann jene ein? Die transscendentale Theologie muss auch von der Geschichte der Menschheit und der des Fortschrittes handeln.

Aber weit entfernt der Zweck der Menschheit zu sein, ist sie eine der vielen Jllusionen. Das ändert auch nicht das Gleichgewicht des Jndividuum's. Wie die Sache zu Ende gehen wird! Das ist ein anderer Felsen. Jedoch wird es sicher ohne Schaden des Gleichgewichtes en len.

Für den Fortschritt schafft die menschliche Kraft immer neues Gute und vermindert die Uebel, die göttliche Macht hingegen schafft, „jeden Tag neue Übel, und vernichtet die erfundenen guten. Ein schrecklicher Kampf".

Im Mai 1842 wandte sich A. an denselben Gelehrten, worauf er ihm schrieb:

Vom Uranfang bemerkten die Menschen den Gegensatz des Guten und Schlechten, und erfanden und beteten diese 2 Principien an; sie hofften und hoffen noch, dass zu einer des Zeit Gute den Sieg davontragen werde. Eitle Einbildung, die Gott den stolzen und schwächlichen Geistern, die unfähig sind, das Gleichgewicht zu erfassen, überlässt.

Als Luzzatto im Mai 1865 eine wörtliche ital. Übersetzung seines hebräischen Gedichtes, das er bei der 500 jährigen Dantefeier veranstaltete, veröffentlicht hatte, schrieb er seinem Sohne Isaja.

בחלק יאכלו über das Gleichgewicht des Guten und Schlechten in allen Lagen des Lebens. Dieses Paradoxon, welches ich später von den Franzosen Azaïs aufgestellt fand, ist bei mir ein vereinzeltes Phänomen in der Geschichte meines Gedankenganges; über die Entstehung dieses Gedankens weiss ich nichts näheres. Soviel weiss ich jedoch, dass dieser Gedanke mich nicht verlassen und auf mich einen grossen Einfluss geübt. Dieser Glaube an das Gleichgewicht des Guten und Schlechten hielt nicht nur meinen Geist frei von der alten Klage über das Wolergehen der Schlechten und das Unglück der Guten, gab mir nicht nur die Kraft das Unglück zu ertragen und liess mich sogar von dem Unglück Gutes erhoffen. wie ich andererseits aus dem Triumpfe des Schlechten mit Gewissheit dessen Fall und Untergang vorher sagte. aber es war für mich gleichzeitig ein Beweis der Existenz Gottes und der Vorsehung ([1]).

----

Wenn mir dieser Irrthum das Wort *Ungerechtigkeit* zu schreiben unterlaufen ist anstatt *Reichthum*, dann bitte ich 1000 mal alle Reichthümer der Welt um Entschuldigung, und erkläre laut, dass ich weit entfernt bin eine Ungerechtigkeit zu sehen mit Proudhon; da ich in diesem wie überall die höchste Weisheit, ja das Gleichgewicht und die latente aber trotzdem doch in höchster Wirklichkeit bestehende Gleichheit sehe. Lebe wol, siehe, beobachte, und komme heiter und zufrieden wieder in die Heimat zurück.

S. M

([1]) In einen ebräischen von Dr J. Luzzatto mir mitgetheilten hebräischen Ms. erklärt L. die Methode seines Vaters, indem er Worte zum Beweise anführte, die mit dem Original keine Ähnlichkeit haben. So liess er zB. durch Vertauschung eines Buchstaben von dem Satze: Im Anfange erschuf Gott Himmel und Erde, enstehen dass statt eines tugendhaften Sohnes Isaac ein Lamm geopfert werden würde. Um den Lesern einen Begriff von dieser Methode zu geben will ich 2 Beispiele aus der heiligen Schrift anführen.

Im Juni desselben Jahres unternahm ich regelmässig den Zohar zu lesen, trug in meine Memoiren die wichtigsten Stellen ein, und die wichtigsten Merkmale seiner Un-ächtheit. Ich kam aber nicht über 28 Blätter hinaus.

Im selben Jahre und dem letzten Winterjahr von 1817 gieng ich zusammen mit meinem Vater den baby-lonischen Talmud durch, bis auf die Tractate, die ich beim Rabb. Levi und bei meinem Vater schon früher studirt hatte u.z. nicht eigentlich als talmudischesStudium, sondern um einen Begriff vom Talmud zu erhalten, zu wissen.

---

In Jeremijah Cap. 51 findet man die Worte ששך und לב קמי Aus dem Inhalte ersieht man dass hier auf die erobern, den Mächte des 1. Tempels angespielt wird. Da aber die Aus-drücke sonderbar sind, haben einige Commentatoren gesagt, dass Sesach Babilonien und Lb Kamai die Chaldäer bedeute, mit einer Veränderung der Buchstaben entsteht aus ששך — בבל und und aus לב קמי wiederum כשדים. Durch Umkehrung des Alphabets wird ב — ש und ל — ר und in gleicher Weise erhielt man aus ליבבי — כשדם. Dieses System Temurah genannt, wurde von den Anhängern der Mystik in verschiedenen Arten angewendet. Natürlich kann man hiedurch den Worten eine von der eigentlichen Bedeutung weit entfernte geben. So kann man statt הוד (Kreis) ספר (Buch) oder statt משי Seide כבד (Schwager einer Wittwe) gebrauchen. Wie weit eine extravagante Phantasie es hierin bringen kann, lässt sich nicht bemessen. Mit Recht hat ein Denker des XVI Jahrhundertes geschrieben: Die Cabbalisten gehen einen verschlungenen Weg, welcher den Sinn ver-wirrt. Es ist, als wollte man den Fuss verlängern, um ihm dem Schuh passend zu machen oder vielmehr als ob ein Schuh für jeden passen sollte.

S. M.

Ist nicht auf diese Spielerei der Ursprung desWortes ספירה = ספירות zurückzuführen, weil nämlich ספר = הוד mittelst Athbasch ש = ב, ת = א ist.

M. G.

was darin enthalten ist un! was nicht, und besonders, um mich zu vergewissern, ob eine Spur von Vocalzeichen oder Accentzeichen im Talmud vorhanden sind.

In dieser Hinsicht nahm ich den Midrasch Rabboth durch, deren Lectüre ich bei Exodus unterbrach, wo ich *Passek* angeführt fand, woraus ich schloss, dass der Midrasch Rabboth jünger als der Talmud ist. Damals machte ich nicht *die* nöthige Unterscheidung, die Zunz später zwischen dem ersten und dritten und den übrigen Büchern machte.

Ueberdiess machte ich mit meinem Vater besonders an Feiertagen exegetische Studien, indem wir den Sinn einer Bibelstelle besprachen, ohne einen Commentar zu benutzen. Er, der von seiner frühesten Jugend in einer Westentasche eine kleine Pentateuchausgabe hatte, schickte sich an, kurz nach dem Tode seiner Frau einen Commentar, der seiner Frau gewidmet war, zu schreiben.

Zu widerholtenmalen und in verschiedener Form schrieb er diese Arbeit. Ein Ms trägt den Titel Regina (der 2. Name meiner Mutter), ein anderes נהר אהבה Fluss der Liebe (mit Anspielung auf den Fluss Ahaba in Esra VIII 21 und 31). Endlich liess er einen Pentateuch mit 2 durchschossenen leeren Blättern drucken, wohin er und ich unsere Bemerkungen hineinschreiben. Die ersten 25 Capitel der Genesis enthalten noch geheime Noten über jeden einzelnen Vers, die mit der nöthigen Erklärung verbunden sind. Es war eine sonderbare, von ihm erfundene Art. Erzählte in jedem Vers wie viel Aleph, Beth, Gimel u. s. f. darin wären, dann ordnete er die in dem Verse befindlichen Buchstaben, indem er sie, je nachdem sie häufiger oder minder häufig vorkamen, zuerst oder später setzte u. s. f. bis auf den, der nur einmal vorkam Waren einige in gleicher Zahl, so entschied die Ordnung des

Alphabets. Es kamen so ungeheure und sinnlose Buch-
stabenreihen heraus, dagegen aber half er sich durch verschiedene Permutationen (ה für א, ט für ת) dnrch
Auslassung und Ueberfluss von Buchstaben bestrebte er
sich, einen Sinn herauszudeuteln. Ich habe auch viel
Papier angefüllt, um meinem Vater Zeit zu ersparen, und
die Mühe von einzelnen Versen die sonderbarsten Buch-
stabenreihen heraus zu bringen Endlich erkannte auch
er die Eitelkeit dieser Sache und strich alle diese Noten
mittelst 2 Querstrichen durch

Meine natürliche Schüchternheit und Schweigsamkeit und
das zurückgezogene Leben, das ich und mein Vater führten,
hatten mich bis jetzt unbekannt gelassen, selbst meinen
nächsten Verwandten.

Die väterliche Liebe zog mich aus diesem Dunkel. Am
9. Juni 1818 fand die Hochzeit einer Tochter Josef Lazar
Morpurgo's einer geachteten Person statt, dessen Necrolog
man in Jost's Israelitischen Annalen 1840 p. 105 lesen kann.
Die Hochzeit wurde durch eine חידה (Räthsel) gefeiert
welches wie gewöhnlich allen Gelehrten und Halbgelehrten
der Gemeinde gegeben wurde. Sobald mein Vater davon
hörte, gieng er zum Autor (Samson Lustro Pincherle,) liess
sich eine Abschrift machen und gab sie mir, dass ich mich mit
ihr beschäftige. Ich sagte mir, dass diess zwecklos sei, da ich
ja doch nicht in ein anderes Haus gehen könne, meine
Lösung vorzutragen. Er verharrte darauf, ich widerlegte
ihn; statt dessen machte ich die Erbsen für Samstag auf.
Endlich studirte er es selbst. Da ich aber sah, dass er
Zeit damit verlor, nahm ich dasselbe und fand bald, dass
es einen Ofen bedeutet. Ich machte bald ein hebräisches
Sonett. Freitag 10 Uhr Vormittag hatte ich die חידה

und um 4 Uhr Nm. war das Sonett fertig. Sonntag darauf fügte ich gleichsam als Einleitung folgende ital. Verse hinzu:

> Sebbene alla metà del quarto lustro
> E d'imbecillità simbolo e tipo
> L' enimma solverò, novello Edipo,
> D'un novello Sanson, detto pur Lustro.
> Se ciò gradite Voi, sarei d' Imene
> Cui gelosia giammai non turbi il bene.

und zum Schluss folgende französische Verse:

> C'est ainsi que je l'entends:
> Cette énigme ainsi j' explique.
> Mais c'est bien à contretemps
> Que l' étuve on vous indique.
> Le plus beau de tous le dieux
> Sert d'étuve (¹) à Vous Messieurs.

(Wenn in der Mitte des 4 Lustrums ich, ein Muster der Schwäche und Einfachheit, das Räthsel löste, ein neuer Oedipus. von einem neuen Samson. Lustro zubenannt, wenn Ihr es genehmigt, Diener des Hymen, deren Glück die Schelsucht nie trübte).

Den Schluss bildeten die frz. Verse: So verstehe ich es und so erkläre ich das Räthsel. Aber jetzt ist es nicht zur rechten Zeit, dass ich den OfenEuch anzeige. Der schönste der Götter dient Euch als Ofen.

---

(¹) Man sagte mir später, das nicht étuve, sondern poèle den Ofen bedeutet.

Mein Vater bat den Schwager Juda Lolli, bei der Hochzeit meine Erklärung vorzutragen, und mein Cousin Samuel, Sohn Salomon Lolli's übernahm diess herzlich gerne. Sonntag den 14. Juni Abends wurden meine Verse gelesen und erhielten reichen Beifall.

Von da war ich nicht mehr unbekannt; man suchte meine Bekanntschaft und wollte meine anderen Gedichte kennen, und von demselben G. L. Morpurgo und von Isac, dem Sohne Salomon Luzzatto's wurde ich in ebräischen Sonetten gefeiert (¹) und von einem tüchtigen Kupferstecher und deutschen Gelehrten in französischen Versen. Ich schrieb darauf ein Ode des Dankes an Gott, die ich bei der Veröffentlichung des כנור נעים zu drucken nicht den Muth hatte, da sie zu persönlich war, die ich aber auch nicht ganz unterdrücken wollte, da die Verse mir sehr schön schienen, und so behielt ich die drei ersten Strophen bei (²) und statt der übrigen setzte ich andere und machte eine Ode über den Frühling (³).

---

(¹) Siehe den 2. Theil von Kinnor Naïm p. 105 und 109 und die Biographie J L. Morpurgo's, Gründer der Assicarazioni generali, in Jost's Israelitischen Annalen, II. Jahrg. 1840 p. 104.

J. L.

(²) Kinnor Naïm p. 103—104, und Kinnor Naïm II. Theil p. 98—104.

Ich hoffe, dass mein Bestreben, das Dunkel der Jugendgedichte S. D. Luzzattos zu enthüllen, nicht getadelt werden wird. Seine eigenen Worte lauten: Noch viele andere Oden, die auf mein eigenes Leben Bezug haben, habe ich in früheren Jahren verfasst, die ich aber aus Schüchternheit im Kinnor naïm nicht veröffentlichen wollte; sie werden aber vielleicht einst mit Interesse gelesen werden.

J. L.

(³) Die 3 ersten Strophen sind eine Satyre gegen die lügnerischen und heuchlerischen Dichter. Er beklagt sich, dass die Ritter der

Hier endet meine erste Lebensperiode, die Periode
der innern Entwickelung; eine Zeit, in welcher die Vorsehung mittelst Armut, Schüchternheit und Einäugigkeit
mich von dem Einflusse der Gesellschaft entfernt hielt,
um mich in dieselbe reif eintreten zu lassen, und hinreichend
gekräftigt zu sein, um nur im Guten von derselben beeinflusst zu werden.

In der letzten Zeit drängte mein Vater in mich, irgend
ein Handwerk, wovon ich leben könnte, zu erlernen; ich
aber war aber hiefür taub, indem ich von einem andern
unwiderstehlichen Trieb beherscht war, denn ich war in der
Wissenschaft des Judenthums vertieft, und ich hielt sie
einer Reform bedürftig.

Ich fand den Glauben erschüttert und verdorben durch
Cabbalisten, die heilige Schrift theilweise von den Copisten
oder Punctatoren verändert, und den Sinn der heiligen
Schrift verdunkelt durch ältere und neuere Commentatoren, die Grammatik nur stofflich ohne Philosophie
betrieben; in den schönen Künsten den Geschmack verdorben, sowol in der Prosa wie in der Poesie. Ich
glühte, eine Veränderung hierin hervorzubringen, und

---

Feder sich verleiten lassen die Schönheit einer geistlosen Dame
zu verherrlichen. Er will den Schöpfer, und nicht vergängliches,
loben, will seine Begeisterung vom Höchsten erhalten, und beschreibt
in verschiedenem Metren *die* Jahreszeit, *die* Freude und
Lust uns bringt.

Der jugendliche Dichter tadelt die Menschen, dass sie nicht die
Harmonie der Natur erfassen, die von Gott spricht, und dass sie
nicht begreifen, wie seine Allgüte den Guten und Schlechten Wolthaten erweist. Die Guten jedoch werden erblühen in einer Welt,
wo der Ruhm nie aufhört. Die letzte Strophe ist besonders schön.
In derselben zeigt der Autor ihr Bild in jenem Käfer, der unscheinbar
doch von so grossem Nutzen ist. Der Seidenwurm aber, scheinbar todt,
arbeitet inzwischen, um die anderen zu bereichern, plötzlich aber
erwacht er und fliegt weiter.

S. M.

so hatte ich keinen anderen Gedanken als diesen (¹). Ich arbeitete, meinem Vater zu gefallen, ohne jedoch Lust zur Arbeit zu haben und er liess mich am 17. Tammuz (21. Juli 1818) schriftlich unterschreiben, dass er seine Pflicht erfüllt, mich ein Handwerk zu lehren, und wenn das seinige mir nicht getaugt, ich ein anderes hatte wählen können, so dass, wenn ich es einst bereuen sollte, die Schuld nicht auf ihn, sondern auf mich fallen würde (²).

---

(¹)  Siehe Tedeschi's Leichenrede p. 29—30 auf S. D. Luzzatto, gehalten am Abend des 26. October 1865 in der grossen Synagoge zu Triest. Da berührte Tedeschi, was Luzzatto selber im Maggid, 3 Jahrg. p. 58 in den Toledoth Schedal (שד״ל) schilderte.

(²)  Dieser Brief findet sich nicht in der Autobiographie. Dr. Isaja Luzzatto fand sie unter einer unzählbaren Menge von Briefen seines Vaters. Er trägt nicht das hier angegebene Datum und enthält nicht das ganze, von dem hier die Rede ist. Aber da auch dieser Brief kurz nach dem 18. Jahre geschrieben, ähnlichen Inhaltes ist, möge er hier seinen Ehrenplatz finden. Diese väterliche Ermahnung ist hebräisch, aber recht unvollkommen. Es sind viele Italianismen und grammatische Fehler darin. Der Leser wird sich erinnern, dass Ezechias nie orthographisch schreiben lernen wollte. Diess der Wortlaut des Briefes: „Sohn des Ezechias, höre mich, lass mich dir rathen und Gott stehe dir dabei. Du bist 18 Jahre worden. Gehe suche, dich anständig zu ernähren. Jetzt ist die Zeit, wo du für deine Bedürfnisse sorgen musst. Wenn du nicht so thust, kannst du auch einst ein Wegelagerer werden  Denn wenn du eine Missethat begangen, wirst du Metall in Ueberfluss haben, aber in der Form von Fesseln.

Höre mich, ich spreche nicht in meinem Interesse. Ich bin denn doch nur ein Wurm. Mir genügt alles, und mit meiner Hände Arbeit und des Allmächtigen Hilfe finde ich mein kärgliches Brod. Du weisst, dass ich nicht klage. Aber dich geht die Sache sehr an.  Ich spreche der Wahrheit und der Gerechtigkeit und deines eigenen Glückes wegen. Sei tapfer und muthig, verzage nicht. Sei männlichen Mutes und Gott wird dir helfen, das nöthige zu verdienen. Du wirst auch so eine Freude, die ewig dauert, erlangen.

Mancher erwirbt sich eine Welt durch viele Arbeit, mancher wieder in einer Stunde. Siehe, dass deine Stunde eine günstige

Eine äusserst falsche Ansicht des Maimonides stand damals im Einklange mit meinem Geiste und reichte mir Trost. *Er* nämlich lehrt, (Tešuva Cap. 9) dass die zeitlichen Güter, welche die heil. Schrift verspricht, nicht als Lohn, sondern als Mittel gegeben sind, um sich dem Studium zu widmen. Jene Lehre verdankt ihren Ursprung gewissen Philosophen, welche die Welt (dh. die Menschen) verachten und die menschliche Vollkommenheit in das speculative Leben verlegen, und behaupten, dass nur der Philosoph nach dem Tode sich mit dem Welt-

---

sei. Der Herr verleihe Kraft seinem Volke, der Herr segne sein Volk mit Frieden." S. M.

Nachdem mein lieber Freund Rev. S. Morais den Brief meines Grossvaters vom Ebräischen in's Englische übersetzt und im Jewish Record veröffentlicht hatte, (Philadelphia) war er so gütig eine italienische anzufertigen, nachdem er hörte, dass ich sie im Mosè veröffentlichen will. Mehr als 25 Jahre ist er von der Heimat fern, und schreibt ein so vortreffliches Italienisch. Vor einigen Tagen fand ich in dem 1. Buche der Memoiren p. 148 den Brief vom 17. Tammuz 5578 von der Hand meines Grossvaters. Diess die wörtliche Uebersetzung: „17. Tammuz. Denkschrift und Aufforderung für meinen Sohn S. D. Luzzatto, den ich bitte, mein Drechslerhandwerk zu erlernen, wie diess meine Pflicht ist, oder er möge sich ein anderes Handwerk wählen; denn ich wünsche sehnlichst, dass er ein Handwerk erlerne, und zwar wie unsere Chachamim sagen מלדשה, ; daher diese Schrift וכל תורה

שאין עמה מלאכה סופה בטילה וגוררת עון

ihm dienen wird zum Zeugniss, dass nicht ich, sondern er schuld an seinem Unglück ist; während wenn er reich sein wird, diess ihm zur Unterhaltung, oder doch zum Gewinn dienen wird.

Ezechia Luzzatto.

Der oben angeführte Brief, aus dem ebräischen übersetzt, von meines Vaters Hand auf ein fliegendes Blatt geschrieben, trägt das Datum vom 8. Kislev 5579 (6. 1818) und trägt die sonderbare

Ueberschrift: Cervel אני ברזל בלי

J. L.

geiste vereine, und diese Vereinigung war nach ihnen die wahre Seligkeit, wo jedoch jede Persönlichkeit aufhörte, also eitel war, und bloss zum Scheine als Lohn unserer Mühen sein sollte.

Die heilige Schrift hingegen lehrt uns entgegen der gnostischen Lehre, die Menschen, die geselligen Tugenden mehr als die erhabenen und oft chimärischen Speculationen zu lieben. Die menschliche Vollkommenheit beruht nach den Profeten im Befolgen des göttlichen Weges, welcher vom Anfang (Genes. 18, 19) das Ausüben von Menschlichkeit und Gerechtigkeit befiehlt (¹)

Mein Geist fühlte das Bedürfniss, sich der Speculation zu widmen, und so war Maimonides' Gedanke mir angemessen, und trostreich. Ich bin ihm hiefür dankbar, aber die religiösen Lehren müssen der Mehrheit der Menschheit, denen, welche arbeiten, nützlich sein, und nicht den wenigen, welche ein betrachtendes Leben führen. Kurz, ich vertraute, dass mein guter Wille, meine uneigennützige Thätigkeit, nicht nutzlos verbraucht, sondern der Wissenschaft und meinen Glaubensgenossen zu Gute kommen werden; und ich studirte, ohne mich um den kommenden Tag zu bekümmern. Ich lebte in einem blinden Vertrauen, das niemand belebte und niemand billigte, ja sogar von einigen wenigen, die mich kannten, verlacht wurde. Mein Vertrauen wurde durch einen Zufall, der am 3. October 1816 in der Jomkippurnacht mir zukam, genährt und von mir dem Talmud (Schluss Joma) zufolge, als Unterpfand des göttlichen Schutzes betrachtet. Auch dieses Ereigniss wurde von

---

(¹) Ausführlich handelt hierüber Luzzatto in seiner Teologia morale, wovon ein Theil in englischer Sprache im Jewish Index 1872 in Philadelphia erschien und der unedirte Theil sich in der Hand des Uebersetzers befindet.

mir in einer Dankesode an Gott im October 1817 gefeiert.

Ach, was ist der Mensch! Die geringfügigste Sache
kann ihn oft in den tiefsten Pfuhl des Lastes stürzen
und ihn zu Grunde richten, und oft wieder ihn retten
und eine unwiderstehliche Ausdauer in der Liebe zum
Guten einflössen.

---

# Ein Capitel aus dem Leben S. D. L. s. A. aus Bescheidenheit von ihm verschwiegen.

Im Herbst 1823 begab sich Luzzatto's Vetter Sam.
Vita Lolli, in seinen ersten Schriften unter dem Namen
שהבד״ל bekannt, von Triest in seine Heimat nach Görz,
um die obere Classe der Talmud Thora daselbst zu über-
nehmen. Luzzatto wollte ihn mit 2 anderen Cousins
(2 Lolli) zu Fuss während des langen Steigens der Anhöhe zu Wagen bis zum nächsten Zollhof von Optchina
begleiten. Einer dieser letzten war ein Jüngling von 17
Jahren, von guter Natur, aber nicht zum Studium geneigt;
auch hatte er schon die Lehrlingsjahre hinter sich. Dieser
war ein alter Schulfreund gleichen Alters, Namens Vita
Zelman, von lebhaftem Temperament, dem aber die
Kaufmannscarrière tief verhasst war, wozu ihm sein Onkel,
der Vaterstelle bei ihm vertrat, bestimmte, indem er ihn die
königliche Handelsacademie in Triest besuchen liess. Dort
zeichnete sich Vita durch Fleiss und gute Sitten so aus,
dass er nach den Schlussprüfungen öffentlich belobt wurde.

Zu jener Zeit machte es viel Aufsehen, wenn ein Jude öffentlich gelobt wurde, und Luzzatto, dessen ganzen und höchsten Gedanken das Judenthum und dessen Anhänger bildeten, der seine jungen Glaubensgenossen sehr liebte und sich für sie interessirte, liess sich über die jüdischen Kinder, besonders diejenigen, welche in christlichen Schulen waren, Mittheilungen machen, und doch war ihm der Name *Vita* nicht neu, und genau dieser Vita begleitete seinen Freund, jedoch nur um eine kleine Reise zu machen, ohne einen anderen Nebenzweck. Nachdem der Abreisende gegrüsst wurde, gieng die Begleitung zu Fuss nach Hause, und Luzzatto sah den Jüngling, den er vorhin nicht beachtet, und da er ihn Vita nennen hörte, fragte er ob er von der Academie sei, und ermuthigte **ihn** mit kurzen und liebenswürdigen Worten.

Vita, obwol einTeufelchen, wurde ganz roth und erschrack bei diesem Lobe und fühlte, wie er selbst später sagte, eine Verwirrung, die er sich nicht erklären konnte. Es vergiengen 6 Monate nach diesem Zusammentreffen und es dachte keiner des anderen. Aber siehe, war es Zufall oder Vorsehung! In jener Zeit zählte Luzzatto zu seinen Schülern einen Levi; Sohn dieses Onkels, der Vormund Vita's war.

Am Passahfeste, als die Familie Levi mit dem Frühstück fast zu Ende war, wo auch Vita zugegen war, wurde der Besuch des Lehrers-Luzzatto angemeldet, welcher, nachdem er sich kaum gesetzt, dem Vater Levi diese einfachen und schönen Worte sagte: Jetzt werden die Tage länger, es sind viele Nachmittagsstunden; wenn es beliebt, schicken Sie das Kind zu mir, dass es den Nachmittag mit mir zubringt.

Ein solches freiwilliges Anerbieten war damals fast unerhört, geradezu phänomenal; Levi rief freudig über-

rascht aus: Herzlichen Dank, Herr Lehrer, noch heute,
und so geschah es. Vita, der in den Hemdärmeln
dieser Scene beiwohnte, erhebt sich, ohne ein Wort zu
sprechen, nimmt seinen ärmlichen Rock, und mit der
Mütze in der Hand, fragt er Luzzatto, der mit dem Knaben
Levi herausgieng: Erlauben Sie, dass ich auch komme?
Sein Auge öffnend, erinnerte er sich Vita's und sagte:
Kommen Sie. Und alle 3 giengen, nach Pontdares. (Vor-
stadt, wo S. D. L. wohnte, wo Randegger, der sein
erster Lehrer und jener junger Lolli, der Freund
Vita's war). Der Vater des Meisters, so orthodox er war,
bereitete ein Ostergericht, während der Sohn mit den
Jünglingen sprach, und während man ass und vor dem Fen-
ster plauderte, stellt sich ein Vogel auf das Gesims, und
Vita, sei es, dass er näher oder flinker war, gibt seine
Mütze drauf und fängt ihn Der Meister sagt: Heute
ist ein Festtag, ich weiss nicht, ob diess recht war;
der alte jedoch als Naturphilosoph sagte: *Mit Absicht*
wäre es verboten, da es aber zufällig sei, möge er
ihn behalten und nach Hause tragen. Wir bemerken
diesen kleinen Umstand, da noch viel später Luzzatto
zu Vita sagte: Das ist ein gutes Augurium gewesen,
dass gerade an dem Tage der Vogel herunter ge-
flogen, und Sie ihn gefangen haben.

Kurz, jeden Samstag wurde dieser Besuch fortgesetzt,
und so bald Vita die Erlaubnis hatte, fehlte er nie;
wenn nach und nach einige, manchmal sogar alle
fehlten, *der*, der am wenigsten Recht dazu hatte, Vita,
fehlte *nie*. Er nahm mit dem Meister die in der
תת schlecht gemachten Studien jetzt gut durch, und
nachdem die hebräischen Studien durch die 2 Jahre des Be-
suches der Academie vernachlässigt worden waren, erfass-
te ihn eine solche Liebe zum Hebräischen, dass er auch

an den Wochentagen des Abends zu Luzzatto kam,
einen Spaziergang mit ihm machte und ihn nach Hause
begleitete; und da sie immer über Studien sprachen,
prüfte Luzzatto das Wissen des Jünglings oder richtiger,
zeigte ihm seine grosse Unwissenheit in diesen Sprachen
(ital. frz. und deutsch) und in den Wissenschaften (Geschichte. Geographie, Naturgeschichte und a.), in welchen
er öffentlich gelobt wurde: und während er diese
schmerzliche Entdeckung machte, entgieng ihm kein Wort,
welches den Jüngling entmuthigen oder erröthen liess,
auf welchen er seine ganze Liebe setzte, als er sah, dass
er das kindische übermüthige Treiben und die Gefähr-
ten verliess, um sich dem Manne hinzugeben, der voll von
Güte und Wissen, jedoch bar jedes äusseren Ansehens,
jeder Stimme und anderer äusserer Eigenschaften, die
oft in Jugendalter verführerisch genug wirken, war. Die In-
timitæt wurde weiter und fester, Luzzatto erzählte ihm
sein Leben, seine Studien, zeigte ihm die vollendeten und
noch zu vollendenden Arbeiten: Vita hinwiederum erzählte ihm alles Elend der Familienangelegenheiten, dass
er wol einsehe, wie gross seine Unwissenheit, aber auch
die glühende Liebe zum Studium, und wie abhängig er
er von seinem Onkel sei, der zwar gut. aber kurz angebunden
sei, der für seinem Neffen nichts weiter als ein Bureau
finden wolle, um sobald als möglich etwas Geld, die arme
Mutter zu unterstützen, zu verdienen. Der mitleidige
[gefühlvolle] Luzzatto dachte lange darüber nach und ertheilte ihm den Rath ein Handwerk zu lernen [auch
hatte er schon mit einem Graveur gesprochen], da er
den Handel so sehr verschmähe, und während er ihn
hebräisch und lateinisch unterrichtete, ihm Bücher der
Geschichte und Physik lieh; während er ihm seine Schätze
öffnete; seine kleine aber gewählte Bibliothek lieh, seine

gedruckten, noch nicht veröffentlichten und begonnenen
Arbeiten zeigte, sagte er: Auch Sie sollten studiren.

Aber nach einem Jahre, genau nach der ersten Be-
gegnung, verschied nach kurzem aber schmerzreichen
Leiden der verehrte Vater Luzzatto's; nun war *er* Herr
des Hauses [mit seiner jüngeren Schwester] und er bat
Vita bei ihm zu leben, bei und *mit* ihm zu studiren, ohne
einen Plan für die Zukunft. ohne das praktische Resultat
dieser Studien im Auge zu haben. Gerade damals fand
Vita's Onkel eine kleine Stelle in einem grossen Bank-
hause in Triest, so dass der verzweifelte Schmerz Vita's
das vollste Mitleid Luzzatto's erregt hatte. Und da
wollen wir eine Anecdote, die vollen Glauben verdient,
weil Vita ein freiherziger Mann ist und sein Freimut sie
mittheilen will, anführen.

Luzzatto's Vater war ein tiefer Denker, unablässig
arbeitsam [Drechsler und Mechaniker], mehr als seine
schwachen Augen es gestatteten, und mildthätig über die
Massen. Ieden Freitag gieng er zu einer unglücklichen
Wittwe, sich ein Kleid ausbessern zu lassen, um den
Vorwand zu haben, ihr damalige 30 Kreutzer zu
geben, welches keine kleine Ausgabe für ihn war. Er
vermiethete die ganze Flur seines Hauses 2 friaulischen
christlichen Familien, die sein Handwerk betrieben, und
wenn wenig Arbeit war, nahm er den Zins nicht an.
Jeden Zeittheil benutze er zum Studium, und mehr als
durch lange Gebete, langes Nachdenken unterstützte er den
Sohn in seinen Untersuchungen, soweit sein Wissen reichte.
auch in der höheren Philologie, die nicht nach seinem Ge-
schmacke war. *So* war der gute Alte, so kannte ihn
Vita; nun dieser Mann war ein Cabbalist, er glaubte,
dass der Mensch ein reiner Geist werden und

dann mit den himmlischen Mächten (Sefiroth) in Verbindung treten könne, welche nur von der himmlischen Allmacht abhängen.

Philosoph oder Cabbalist?

Wir erzählen und kritisiren nicht. — Luzzatto hatte, wie er später erzählte, sofort den Gedanken Vita in's Haus zu nehmen, und da er gute Vorsätze auch sofort ausführen wollte, sprach er darüber mit seinem Vater; dieser aber sagte: ich wäre zufrieden; da ich aber ein Mädchen habe, scheint es mir nicht rathsam einen jungen Mann in's Haus zu nehmen, bevor ich nicht weiss, ob im Falle eine Liebe entstehen sollte, es zu einer Heirath komme; wie dem immer sei, ich will eine שאלת חלום machen, die ich, wie du mein Sohn weisst, in wichtigen Fällen meines Lebens gemacht. Er machte dem cabbalistischen Formale gemäss e'ne Anfrage, und den nächsten Tag sagte er *nein*. Denn man sagte mir im Traum: *Er wird es wie Napoleon machen*. S. D. Luzzatto war nicht Cabbalist, aber er achtete seinen Vater hoch und sprach nicht mehr von der Sache. Aber kaum hörte sein Vater zu leben auf, (21. April 1824) so theilte er seinen Plan Vita mit, den dieser unter Thränen der Freude und Dankbarkeit annahm, und zwar im Herbst des Jahres 1824 (13. Juni) am Samstag vor dem Montag, wo er in das Bankhaus eintreten sollte, ohne der Mutter, die diess weder billigte noch tadelte, die es vielleicht aber nicht glaubte, ein Wort zu sagen. Am Sabbat beim Morgengrauen gieng Vita nach Pondares, warf ein Steinchen in die Sommerläden des 1. Stockwerkes, und Luzzatto kommt im Hemde heraus, öffnet ihm die Thüre und mit derselben sein Herz und sein Wissen.

Das Gerede, das dadurch in den Häusern der Bekannten und Verwandten entstanden, war gross

Vita aber war ein Schelm, von kühnem und standhaftem Charakter, er liess die Leute reden, gieng seiner Wege, denn er war 17 Jahre alt. Um zu wissen, welche Güte und welche Grossmuth S. D. Luzzatto damals übte, muss man wissen, dass er damals ein *armer Mann* war, und Vita erzählte, später erfahren zu haben, dass sein Lehrer ein Buch, wohin er die Ein-und Ausgaben einschrieb, hatte, und als er einst, wo er allein war, sehen wollte, wie gross das monatliche Einkommen dieses Mannes sei, der einen Jüngling ganz zu verpflegen übernommen, fand er, dass im vergangenen Monat die Summe 16 fl. 60 Kreutzer (damaliges Geld) war, und dass die 2. Seite in 3 Theile: Einnahme, Ausgabe und fromme *Ausgaben* getheilt war. *Fromme Spenden bei solchen* Einnahmen! Ja meine Herren, da waren 30 Kreutzer jeden Freitag für die Wittwe, eine väterliche Erbschaft, die er selbst, solange er in Triest war, gab, und das er später von Vita bis zum Tode der Wittwe geben liess.

Vita blieb im Hause Luzzatto's 5 Jahre, bis er sich verheirathet hatte. In diesen Jahren studirte er mit einer solchen Liebe und Ausdauer unter der Führung seines grossen Meisters, dass er bald seine grosse Unwissenheit einsah, aber er machte erstaunliche Fortschritte im hebräischen, im Klarschreiben in Prosa und Poesie, wovon er eine Probe in den נצנים und in der רינה, die zu Ehren seines Meisters und Vaters geschrieben wurde, und in den letzten Jahren ein Capitel zur 500-jährigen Feier Petrarca's und eine Elegie auf den Tod Victor Emanuel's gegeben.

Vita, der noch nicht 20 Jahre alt und bis dahin immer im Hause seines Meisters war, trat als Lehrer in die Talmud-Thora von Triest, und in einigen Jahren wurde ihm die Leitung der höchsten Klasse übertragen: in der

That hatte er die ganze moralische Leitung schon früher unter dem Ritter Rabb. Cologna, der ihn zum Schwiegersohne machte, unter den nachfolgenden Rabbinen die in Italien wol bekannt sind, Rabb. Treves (Vater der Verleger Treves in Mailand) und dem berühmten Prediger Rabb. Tedeschi. In jener Schule machte Vita zur Freude Luzzatto's viel tüchtige Schüler im hebräischen Fache, worunter der gegenwärtige Rabbiner von Triest *Melli*, und der tüchtige Schriftsteller und Rabbiner Moses *Tedeschi*.

Aus einigen Briefen Luzzatto's an *Zelman* [denn das ist der eigentliche Name Vita's, der gewöhnlich *Lehrer Vita* genannt wurde] wird man ersehen, wie sehr er seinen Schüler achtete, sowol als Lehrer, als auch als Schriftsteller und Dichter.

Er liess ihn nicht aus dem Auge, weil aus einem seiner Briefe ersichtlich ist, dass er fürchtete, Vita könnte sich von der Lectüre moderner französischer Autoren zu einer der Tugend und dem Judenthum feindlichen Philosophie verleiten lassen.

Andererseits wird man das ganze philosophisch-moralische System Luzzatto's sehen, der seinem Vita antwortet, als dieser in allzugrosser Verzweiflung ihm den Tod eines seiner besten Schüler Isaac *Lenghi* mittheilte, wo Luzzatto schloss: *Seien Sie nicht betrübt, und seien Sie glücklich.*

Sie waren stets in brieflichem Verkehr, seitdem Luzzatto sich nach Padua in's Collegium rabbinicum begab; aber da ein grosser Theil der Briefe Luzzatto's an Vita von Familienangelegenheiten voll war, vernichtete Vita sie, und bewahrte nur die, welche beitragen können, das Wissen, die Klugheit oder die Tugend seines Wohlthäters besser kennen zu lernen,

D. .e Briefe schenkte er dem Dr. Isaja Luzzatto, dem würdigen Sohne des Prof. Luzzatto, da er wusste, dass die kindliche Liebe und Verehrung, mit welcher er seinen grossen Vater und mit ihm das Judenthum verherrlichen will, ihm die Frucht zeigen wird, die daraus geschöpft werden kann.

[Aus einer Zuschrift Zelman's an Dr. Isaja Luzzatto, die ihm aus Melbourne zukam]. Das meiste lernte ich nicht aus Büchern, sondern aus dem lebendigen Verkehr mit diesem grossen Meister, der mich in den Stand setzte, hebräische philosophische Werke zu lesen und zu erklären u. z. eine damals moderne hebräische Grammatik, in hebräischer Sprache von einem Deutschen verfasst unter dem Titel מְשַׁלֵּל, ferner die Mischnajoth mit dem Commentare des Maimonides, die erste Ausgabe, von den Bibliomanen sehr geschätzt (wenn ich nicht irre von רֶגְבַּ) mir aber wegen des groben Druckes sehr unangenehm, dann eine Physik in lat. Sprache, die man an der Turiner Universitaet gebrauchte, a..ch die Physik in scholastische und geometrische Formeln gebannt, eine Arbeit von Jesuiten, um den Geist dem, der einen hatte, zu tödten. Jene lehrreichen Bücher waren, wie er mir später lächelnd sagte, um zu erfahren, ob ich wirklich dem Studium geneigt sei, gewählt worden; nachdem aber die Prüfung zu Ende war, entschloss er sich mich von meiner Armut, meiner Unwissenheit und der Gefahr, Kaufmann zu werden, welches mein grösster Schrecken war, zu entreissen. Aber um die Macht seiner edlen Handlung anzuzeigen, welche vielleicht sonst eine Propaganda für das Studium zu sein scheinen könnte, muss ich erklären, dass er mich zwar im Hause behalten wollte, mir aber anrieth ein Handwerk, das etwas Geist erfordert, zu lernen; bald dachte er an einen Uhrmacher,

wozu sein Vater ihn machen wollte, dann wieder an
einen Steinmetz, weil er mit einem ehrbaren und gelehrten Deutschen, der in dieser Kunst tüchtig war, in
freundschaftlichem Verkehre stand. Ich liess ihn reden,
suchen — in mir herrschte nur *ein* Gedanke: ein zweites
*Er* zu werden, eine thörichte unausführbare Sache, die
mich aber wunderbar unterstützte, Fleiss und Ausdauer
an den Tag zu legen, die er selbst bewunderte: Diess
zur Steuer der Wahrheit, ohne alle Umschweife.

Dann kam das *erste* Frühstück, er selbst brachte aus
der Küche einen grossen Tiegel, voll mit einem gelben
dicken Stoff: es war gelber Reis mit Rindsfetten zubereitet, [denn Gänsefett konnte aus Geldmangel
nicht beschafft werden]. Er schnitt sofort eine Scheibe
davon, als ob es Parmesaner Käse wäre, aber in meine
Nase stieg ein so abscheulicher Geruch, dass ich eine
Grimasse schneiden musste, und als er diess sah, sagte er
jene einfachen und rührenden Worte: Wenn es Ihnen
nicht gefällt, so haben Sie Recht; ich aber habe nichts
anderes, und ich that mir Gewalt an und verschluckte
es. Darauf sagte er: Zu Mittag wird der Reis besser
sein, und in der That kam eine Brühe [brodo garba
genannt] aus Eiern und Limonen hiezu, indem er dachte,
dass der üble Geruch verschwinden würde; auch *das*
wurde von mir ruhig verschluckt, indem ich an das Wort
כך היא דרכה של תורה [so ist die Art der Thora]
dachte. Die Würze jedoch, die es mich ertragen liess,
war Dankbarkeit und Bewunderung.

Nachdem wir nach dem Gebete das Frühstück genommen, gieng er an seine Studien, und ich die Bibel zu
lesen, indem ich ihre Hilfe bei jedem Unternehmen
anflehte. Und diess bis zum Minchagebete, worauf er

in den Tempel Nr. 4 gieng, wo sein Vater hingieng, um Kaddisch zu sagen, wie er das ganze Trauerjahr that.

Beim Morgengrauen kleideten wir uns an und begaben uns sofort in den Tempel des Kaddisch wegen, um keine Zeit zu verlieren, jeden Tag mit Ausnahme von Samstag; eine Sonderbarkeit, um deren Erklärung ich ihn bat; u. z. sagte er: an Werktagen sind wenige, die in den Tempel kommen, und wenige darunter frommm und alt; am Sabbat war der Tempel besuchter, und bei meiner Bank sind solche, welche durch Geschwäz und unnütze Fragen, die mich an das *Denken an meinen Vater hindern*, [Seine eigenen Worte] mich stören.

Nun will ich vom *Dessert* sprechen, eine andere und schrecklichere Prüfung, die ich zu bestehen hatte. Es war beim alten Vater Sitte, dass, bevor man sich vom Tische erhob statt Obst etwas aus der *Bibel* gelesen wurde, u. z. las der alte Vater, der Sohn und dann die Tochter von dem Wochenabschnitt und übersetzten: S. D. L. behielt diese Gewohnheit bei, und ich hatte die beschämende Erniederigung zu ertragen, dass ich weniger rasch und nicht so gut las, als seine junge Schwester übersetzte. Welche Lection war diess für mich und welcher Sporn!

Nach dem Mittagbrode gingen wir an unsere unabhängige Lectüre, mit Ausnahme der *Lectionen*, deren er immer mehr hatte und in bedeutenden Häusern, mehr durch seine Rechtlichkeit und seine Pünktlichkeit als durch sein Wissen berühmt, weil er ohne Künsteei sich die Liebe seiner Schüler erwarb. Wer übrigens die Thätigkeit Luzzatto's in einem Tage schildern wollte, könnte diess in *einem* Worte thun und das ist *Arbeit*, und den Gegenstand gleichfalls mit dem *einen* Worte: *Judenthum*.

Er las immer auf-und abgehend im kleinen Zimmer, und ich auch; es schienen 2 Schildwachen. Oft hatten wir während des Lesens eine Brotscheibe im Munde, die wir abknuspelten. Bald hielt ich ihn auf und bat um Erklärung einer Stelle, bald theilte er mir einen guten Gedanken vom Autor, den er las und grösstentheils einen seinem ewigen Gedanken, dem Judenthum nützlichen Gedanken, der aus disem Satze sich ableiten liess. So arbeitete er zB. damals an seinem Dialog יְרִיב, einem Meisterstück gesunder und freier Dialektik. Er erinnerte sich, in Cicero eine Stelle aus Plato gelesen zu haben, die seinen Untersuchungen über das junge Alter der Vocalzeichen zu Statten kam, aber er wusste nicht, wo sie zu finden wäre. Was that er? Er las das Buch de officiis, die Tusculana, bis er das gewünschte Citat fand, er schrieb es ab und schloss Cicero für immer ein. So las er cursorisch [ein Jahr früher mit seinem Vater] den ganzen Talmud in der *einen* Absicht, dass zur Zeit der Talmudisten keine Vocal-und Accentzeichen vorkommen, und dass daher der Zohar von רשב״י, dem er zugeschrieben wird, nicht sein könne. — So las er mit mir den Commentar Sforno's und fand dort eine Erklärung über die Inclination der Erdaxe, und er gab mir keine Ruhe, bevor ich nicht den französischen Autor durchgegangen und jede Stelle in Mr. Pleche's Buch (Histoire de Ciel, glaube ich, war der Titel) gefunden hatte, und dann sagte er mir: Sehen Sie, was der Franzose in 22 Seiten sagte, thut unser Sforno im 7 oder 8.

So las und studirte er die Mathematik von *Bossut* und Euclid, dann die Werke vom Kopernicus und Kepler. Wozu? um zu wissen, ob die alten Ebräer, die Begründer unseres Kalenders in der That auf ihren Grundlagen beruhten. — So lernte er, ohne speziell darauf sein Augen-

merk zu richten, nur seinem geliebten Judenthum zu-
gewandt, alle Wissenschaften in dieser Weise. Von den
Studien, die ich machte, werde ich wenig sprechen, da
sie nicht wie im Gymnasium geordnet und regelmässig
waren, aber er stand mir immer bei in den ver-
schiedenartigsten Studien. vorzüglich in der Bibel, (¹)
weihte mich in den Stil der berühmtesten Commentatoren
ein und sagte mir dann: *Fahren Sie selbst fort.* Er
half mir auch im 1. Jahre im Studium der Mišnah und
des Talmud [wo ich 1 Stunde täglich studirte, u. z. bei
demselben Rabb. Levi, der früher *sein* Lehrer in diesen
Studien gewesen war, auf dessen Ersuchen seine berühmte italienische Übersetzung der Preghiere di rito tedesco
erschien (Gebete des deutschen Ritus) und dessen schöne
Einleitung mit Recht gelobt wurde.

Auf seine Anregung las ich die classischen italienischen
Dichter und er sagte mir: Wenn Sie die Dichter verstehen
werden, wird Ihnen das Verständnis der Prosaschrift-
steller sehr leicht werden. Da er wusste, dass ich in der
Handelsacademie einige Kenntniss des Französischen mir
angeeignet, rieth er mir die 12 Bände der Weltgeschichte
von Anquetil zu lesen, und sagte mir: Wenn Sie nicht
verstehen, so ist ein Wörterbuch und eine Grammatik und dann der *gesunde Menschenverstand*, da, und wenn
das nicht genügt, so bin ich da. Nur das Studium des
Französischen hatte einen gar mächtigen Einfluss auf
mich, doch nicht von mir, sondern von Erinnerungen an
ihm sol! hier die Rede sein. Ich will also erwähnen,
dass, nachdem ich 9 Monate im Hause war, er schwer an
einer Lungentzündung erkrankte. Der Arzt Dr. Guastalla
Senior fand am 3. Tag die Krankheit so arg, dass er
erst um 10 Uhr Abends wegging; hierauf schrieb er ein
Recept und befahl mir, ihm sofort nach Zubereitung der

Medicin den 1. Theil des Trankes zu geben. Als er mich verliess, sagte er: geben Sie acht, wahrscheinlich *stirbt* er um Mitternacht. Es war ein Wunder, dass *ich* nicht starb, was wird aus mir, wenn er stirbt? Denket Euch, in welcher Gemüthsstimmung ich mit der Medicin nach Hause kam.

Nachdem ich ihm einen Löffel voll gegeben, setzte ich mich zu seinem Kopfkissen, und er, der seine Lage nicht kannte, sagte mir: warum gehen Sie nicht zu Bette? Ich schlief *mit ihm* in einem friulanischen Bette, das vom Vater noch von S. Daniel mitgebracht wurde. Ich wehrte mich dagegen, zitterte wie eine Bachweide, bei dem Gedanken zu einem Sterbenden mich zu legen, und zu welchem Sterbenden! zu *meinem Lehrer und Vater.* Aber da ich ihn nicht aufregen konnte, noch wollte, fügte ich mich seinem Willen; als er aber nach einigen Minuten mit dem Kopfe schüttelte und sagte: Sie haben diese Mišnah nicht ganz verstanden [ich entsetzte mich, weil ich nicht wusste, dass es ein Fieberfrösteln ist, denn ich dachte es wäre das Zeichen des herannahenden Todes]. Aber wie verdoppelte sich mein Schmerz, als er bald darauf hinzufügte: Was liegt denn da für ein Eber? Ich erhob instinctmässig den Kopf und sah auf der *Thürschwelle* einen blonden geschossenen Eber. Er schwieg und schlief ein, ich erhob mich, kleidete mich an und sah, dass es 2 grosse Gewebe rohen Hanfes waren. Diese Betäubung erschreckte mich noch mehr, denn ich hielt es für Todesröcheln. Ich kniete beim Bette nieder, betete zu Gott und weinte; da ich es aber nicht länger aushalten konnte, rief ich Sanguinetti [dem und dessen Frau er ein Zimmer umsonst gab, damit seine Schwester Nina eine Gesellschafterin habe und gleichzeitig zwischen mir und ihr wache], und nachdem er sich erhoben und meinem

Meister sich genähert sagte er: was röcheln, was Tod! er schnarcht, schläft gut, und die Fiberhitze hat sich sehr verringert. Wenn ich an eine Auferstehung glaubte, fühlte ich sie jetzt bei mir, ich blieb beim Kopfkissen sitzen, hielt das Ohr hin und als das Schnarchen langsam aufhörte und es mir Schlaf zu sein schien, wollte ich ihn nicht wecken, um ihm die 2. Portion der Medicin zu verabreichen. Beim Morgengrauen fragte er mich: Schon auf, bat mich dann ihm etwas Wasser zu geben, trank es und sagte: Es geht gut, lassen Sie mich, ich will noch schlafen. Ich verliess das Zimmer, und beim Studium wiederholte ich das Morgengebet mit vielen von mir verfassten Einschiebseln als Gebet, Hoffnung und Dank, solche von denen Manzoni sagt: Nur Gott allein versteht diess und nimmt es gut auf. 1 ¹. Stunden später rief er mich und bat, auf ein Blatt Papier zu schreiben, was er mir vorsagen würde. Ich gehorchte zitternd, denn ich fürchtete, es wäre ein neues Kopfschütteln; er aber dictirte mir ganz heiter ein Sonett [das er in diesen 1½ Stunden verfertigt hatte] in italienischer Sprache, an dessen Anfang ich mich wol erinnere: Padre del ciel [Vater des Himmels] denn *diesem* und nicht der ärzlichen Kunst schrieb er seine Heilung zu. Dieses Sonett wurde später, wenn ich nicht irre, von ihm in's Ebräische übertragen. Als ich herausgieng, fand ich den Arzt, der sehr früh gekommen war, und mich fragte: *ist er todt!* Ich hätte *ihn* getödtet; sagte ihm aber mit schalkhafter Miene: gehen Sie hinauf und fragen Sie ihn. Hinaufgekommen sah er am Rande des Bettes das Sonett, las es, und als er gehört hatte, dass der *Strebende* es verfasst, sagte er, wenn auch nicht laut, doch im Gedanken: haec mutatio dexterae Excelsi diese (Veränderung) günstige Wendung ist ein Zeichen der göttlichen Macht und erklärte ihn *ausser Gefahr.*

Diess, glaube ich, zeigt am besten die Gemüthsruhe jenes seltenen erhabenen Geistes. Auch folgendes mag ein Beweis hiefür sein. Ein Jahr später starb der Rabbiner A. E. Levi. Luzzatto fieng an bekannt und geschätzt zu werden, und weil unter den 3 Häuptern der israel. Gemeinde ein gewisser Angelo Gentilomo ein Dilletant der Literatur war, der Luzzatto würdigte, liess er ihn rufen und bat ihn eine קִינָה hebräisch und ital. u. z. für den nächsten Montag (es war Freitag) zu verfassen, und er nahm es an. Des Abends legte er sich und sagte: morgen stehe ich nicht auf, und er schlief ein.

Er stand zeitlich früh auf, frühstückte ein wenig und bat mich dann, ihn allein zu lassen und im Studirzimmer zu bleiben, um zum Rufe bereit zu sein. Kurz darauf ruft er mich, sagt mir eine ital. Strophe 2 bis 3 mal, lässt mich sie wiederholen und sagt dann: Jetzt können Sie gehen.

So verfasste er während des Sabbats 11 Strophen und kaum durfte man schreiben, so sagte er 11 wolgeformte Strophen her. Er erhob sich jedoch nicht, blieb im Bette, schickte sich an, die 11 hebräischen Strophen zu verfassen, die von mir aufs Papier niedergeschrieben wurden. Es war noch nicht Mitternacht und die קִינָה war in beiden Sprachen vollendet; er sagte mir, dass ich zu Bette gienge, und schlief bis zum späten Morgen; dann schrieb ich ihm das Gedicht rein ab, suchte das Anagramm für das Jahr, und Sonntag Nachmittag war das Gedicht in den Händen der 2 Vorsteher, die es dem Drucke übergaben. Ich glaube, er erhielt 25 Gulden; soviel aber ist gewiss, dass er diese Summe zur Befriedigung eines lang gehegten Wunsches, welcher ihm ungemein viel Freude bereitete, verwandte u. z. wuchs seine Bibliothek stets, und bis jetzt

w..... die Bücher in alten Kästen, in Glasursteinen, in
Gestellen mit Fächern, aus dem ehemaligen Laden seines
Vaters; nun wollte er ein eigenes Möbelstück hiefür, und
als er einst von seinen Lectionen nach Hause kehrend,
die beiden Wände des Studirzimmers mit 2 Bücherschränken
bedeckt fand, war er von einer Freude und Heiterkeit,
dass er mir ein Kind schien, welches die gewünschte Spielerei
erhalten hat. Er dachte sofort daran, die Bücher gehörig
aufzustellen und wollte, dass ich dabei sei, nicht so sehr,
um ihm zu helfen, als vielmehr damit ich die *Titel* und
den für die Bücher passenden Platz kennen lerne, um
bei seiner und meiner Arbeit sie rasch bei der Hand zu
haben; und diess war mir in der Zukunft von grossem
Nutzen, als er von der Gemeinde zum Bibliothekar er-
nannt wurde [der ganzen hebräischen Bibliothek des Rabb.
Levi, die er der Gemeinde überliess] mit der Bedingung;
einen geordneten Catalog anzufertigen, den Luzzatto mit
meiner Hilfe anlegte, was für mich von grossem Nutzen
war, weil er mir die guten und schlechten Eigenthümlich-
keiten der Autoren und ihrer Werke dabei mittheilte.
Es waren auch einige Handschriften da, und er lehrte
mich, wie man den Autor und dessen Zeit erfahren kann,
denn das ist häufig am Deckel und Titel. Gegen Ende des
Jahres 1825 am Chol hamoëd von Succoth machte er die
erste Reise nach Görz, eingeladen von שכבי״ל und
יש״י, und ich war noch kein ganzes Jahr bei ihm, als ich
ihm einen lateinischen Brief [und was für lateinisch] und
einen langen hebräischen Brief mit einem Sonett in derselben Sprache schrieb, aber seine Freude war unaus-
sprechlich, weil seine gelehrten Freunde sich überzeugten,
dass das, was sie *eine Thorheit* genannt (dass er einen
unwissenden, 17 Jahre alten Jüngling der hebräischen
Literatur weihen wollte) denn doch keine solche war;

hierauf schrieb er mir aus Görz einen Brief, wo er mir
folgendes sagte: Ich habe eine Freude von dieser Reise,
weil ich sehe, dass Sie auch ohne mich etwas machen
können, und fügte dann hinzu: Lolli und Reggio sagen,
dass Sie fleissiger sind als ich; er schickte mir gleichzeitig eine hebräische Grabschrift, die er am Fried-
hofe gefunden. Leider ist dieser Brief mir verloren ge-
gangen, mein hebräisches an ihn gerichtetes Schreiben
aber besitze ich noch, denn er gab es mir mit den
Worten zurück: Bewahren Sie es. Der einzige Sporn
mich stets fleissig zu halten, war: er öffnete seine
Läden und zeigte mir bald seine poetischen oder
philosophischen Arbeiten, liess sie mich lesen und
sagte: Diess machte ich zu 15, jenes zu 16, das in
Ihrem Alter; diess begeisterte mich immer mehr und
zeigte mir zugleich seine Schätze.

Seit dem ersten Jahre meines Aufenthaltes bei ihm,
wo ich nie in die Stadt kam, ausser meine Mutter
zu sehen und die Vorlesungen des Rabb. Levi zu
hören, liess er mich alles thun, fragte nur, was ich
lese, rieth mir so manche Lectüre an, *liess* mich viele
seiner Arbeiten abschreiben; denn *seine Lectionen*
wuchsen und dadurch wuchs auch sein Wolstand, und den Rest
der Zeit brauchte er für seine zahlreichen literarischen
Arbeiten und seine ausgebreitete literarische Correspondenz, aber sein Umgang und Rath nützten mir
fortan, er traute mir um so mehr, weil mein Eifer
im Studium nie erkaltete. Die ersten Verse, die ich
machte, machten einen günstigen Eindruck auf ihn,
und als ich ihm einst, als er nach Hause kam, ein
Sonett zeigte, (זך מפני ישרי לבב) welches in meinen
נצים ist, u. z. gegen einen Feind und neidischen Ver-

folger und Gegner unserer Gemeinde, umarmte
er mich und sagte: Ich wollte es selbst gemacht haben;
aber ich wäre es nie im Stande gewesen, denn mir
fehlt etwas, das ich nie war, und das Sie besassen,
und das ist dass ich ein Šegez (Schalk) war.
Das Jahr 1827 hatte einen grossen Einfluss auf
seine und meine Zukunft, es war nämlich der berühmte Ritter Cologna, ehemals Präsident des rabbinischen Consistoriums in Frankreich nach Triest gekommen,
der in vielen Sprachen bewandert und ein tiefer Kenner des
Hebräischen war. Er lernte Luzzatto kennen und würdigte ihn
nach Gebühr. Ich hatte bei dieser Gelegenheit unter
verschiedenen Gedichten, die ihm geschickt wurden, auch
ein Sonett, natürlich hebräisch geschrieben, und diess
wurde dem Meister von *ihm* gelobt. Als Cologna damals
kam, hatte er bei sich 3 Enkel von einer verwittweten
Tochter; das älteste von 5 Jahren wollte er in der
Thora unterrichten lassen; aber das Kind verstand nichts
als französisch; in dieser Verlegenheit sprach er mit G.
L. Morpurgo, von dem Luzzatto gewiss in seiner Biographie spricht, und dieser empfahl einen gewissen Vita
den Schüler Luzzatto's. Dazu berufen, sagte ich, dass
ich den Willen meines Meisters zu erfüllen bereit bin, und mit
liebenswürdiger, ermutigender Rede sagte er mir: Sie
werden hier Ihre Lection studiren und sie dann einem anderen
ertheilen können, und ich werde Ihnen immer hilfreich
zur Seite stehen. Und so war es, ich wurde Lehrer im
Hause des Rabbiners, dann sein Schreiber, hierauf sein Se-
cretaer und schliesslich sein Schwiegersohn. Ich schreibe
nicht meine Biographie, sondern die meines Luzzatto, und
ich will nur zeigen, welch mächtigen Einfluss er auf mein
Wollen ausübte. Schon $1\frac{1}{2}$ Jahre früher hatte mir der
Rabbiner Levi die Supplentenstelle mit dem **jährlichen**

kärglichen Gehalte von 40 fl. angeboten, Luzzatto zwang mich es anzunehmen und sagte סוף השכר לבא. So konnte ich nach der einige Jahre darauf von Cologna vorgenommenen Reform den ehrenvollen Posten eines Lehrers der 3ten Klasse einnehmen und in Triest die Arbeit Luzzatto's fortsetzen, als er an das Collegium rabbinicum nach Padua berufen wurde, um in jener Gemeinde die Liebe zu den hebräischen Studien wach zu erhalten. Gerade aus Liebe zu diesen hatte Luzzatto bei der Nachricht einer Reform in der Talmud Thora von selbst einen langen Brief dem Ausschusse des neuen Reglements geschickt, wo er viele gute Rathschläge für dieses Institut gab, und wenn auch nicht alle, wurden doch die meisten von Cologna berücksichtigt, der ihn achtete, und meine kühne Dazwischenkunft, die ich aus dem regen Umgange im Hause des Rabbiners zog. Dieser sagte mir, als 1830 ein Zeugnis der Fähigkeit von Luzzatto für den Lehrstuhl der Literatur am Collegium in Padua gefordert wurde: Ich bin nicht der Mann, ein Zeugniss über Luzzatto zu schreiben, machen Sie es mit ihm, und ich will es unterschreiben. Ich verfasste es, es wurde aber geschwächt durch die Bescheidenheit Luzzatto's; das Zeugniss wurde vom Rabbiner bestätigt und unterschrieben und hatte in Padua grossen Wert, wo man wusste, was für ein Mann Cologna ist, und zur Wahl als Professor trug Dr. S. Formiggini, der mit Luzzatto in Briefwechsel stand, viel bei. Inzwischen wurde sein Name in Deutschland bekannt, zuerst durch die Zeitschrift Bikkure haïttim, wo Luzzatto nicht nur seinen Kinnor naïm, sondern auch seine philologischen und philosophischen Arbeiten veröffentlicht sah und viele Briefe, die er bereits an שהבדל und ישר geschrieben hatte. Schon seine Heirath mit Bellina Segré zwang mich sein

Haus zu verlassen, ein ärmliches Haus, wo kein Raum für mich war; ich war damals 6 Stunden in der Talmud-Thora und mit mehreren Lectionen in profanen Gegenständen beschäftigt, konnte mich nicht dem bequemen Studium hingeben, da ich eine Mutter zu ernähren hatte, die ein Anrecht auf Ruhe hatte; das aber will ich als grossen Beweis von Luzzatto's Güte und Bescheidenheit anführen; er wusste, dass ich Mittag aus der Talmud-Thora nach Hause zu meiner Familie zum Essen gieng, und er besuchte mich tagtäglich von 12 bis 1, war beim kärglichen Mal anwesend und theilte mir den Inhalt seiner Arbeiten und Pläne mit.

Ich erinnere mich, wie er über meine Aufregung lächelte, weil er durch seine neuen Pläne und Arbeiten über Onkelos ein schönes, nützliches und gut begonnenes Unternehmen über die nicht biblischen Ausdrücke der Mischnah aufgeben musste; ein Theil wurde in den Bikkure haïttim veröffentlicht. In Bezug auf diese Zeitschrift will ich erwähnen, dass, als die Frage über das Collegium rabbinicum lebhaft ventilirt wurde, er wollte, dass meine poetischen Arbeiten daselbst veröffentlicht wurden, er wollte es *gegen* meine Absicht; aber er bewog mich es zu gestatten: es ist notwendig, sagte er, dass die Herren in Padua sehen, dass ich nicht nur gelehrt bin, sondern auch zu lehren verstehe; da haben sie einen Beweis an einem meiner Schüler. — Um diess zu Ende zu führen, will ich bemerken, dass er seit seiner Uebersiedelung nach Padua sein Interesse mir wie der Talmud-Thora zuwandte, meine Liebe, Achtung und Verehrung wurde nie geringer, und es war eine so intime Correspondenz zwischen uns, dass ich einige Briefe vernichten musste: Ich will ein hebräisches bon mot anführen: da er wusste, dass ich Cologna's Tochter liebte, und er dieser Verbindung nicht abgeneigt war, aber in der Familie Uneinigkeit war, schrieb mir

Luzzatto diesen allerliebsten Witz und wollte, dass ich ihn dem Rabbiner zeige: Sagen Sie ihm, so schrieb er, dass die Opposition unnütz ist אבל אם חב"רה היו"צר מתהלה מיתר מפני שהוא כ"לי אחד

*Melbourne den 10. Juni 1878.*

Mein Isaja!

Ich hoffe, dass Du meine Notiz über Šedal erhalten; von seinen Onkeln und der Familie im Allgemeinen weiss ich wenig oder nichts, ich weiss nur dass er mich die Poesien des Bruders des franzin Autor's, damals durch die Bne hanëurim berühmt, abschreiben liess und mir zeigte, wie viel mehr Phantasie in den inedirten Gedichten des ersten als im zweiten ist, und dass weniger Italianismen daselbst vorkommen. Was den Ruhm des zweiten ausmachte, war die Harmonie des Verses, nach ital. Muster, welches die Deutschen bewunderten, vergebens von ihren Dichtern [natürlich hebräisch in hebräischer Sprache] versucht von Wessely in seinen Schire tif'eret, wo er sich bestrebt das italienische Metrum nachzuahmen. Ich schreibe diess, weil ich *seine Urtheile* erwähnen will.

Was er mir vertraulich sagte, kann ich mich nicht genau erinnern, jedoch das eine will ich nicht verschweigen, weil es ein Zeichen des Mutes und der Unabhängigkeit von Deinem Vater ist. Im Jahre 1826 kam ein gewisser David d' Ancona, ein Kaufmann, dessen Sohn Luzzatto in den profanen Wissenschaften Unterricht ertheilt hatte, von einer Reise aus Bologna und lieh ihm ein Buch, welches er nach Hause brachte und es als sonderbar und dumm ansah; natürlich urtheilte er nicht, bevor er es gelesen. Es war die ital. Uebersetzung der Heilmethode Le Roy's, welche wir bald zusammen lasen. Nach Beendigung sagte er mir;

Das, was ich für eine Dummheit hielt, ist gerade *klug*, alle Krankheiten sind *eine* Krankheit, die Namen sind im Grunde nur die Krankheit eines Organs oder Körpertheiles, aber der herrschende Name und die Idee ist *eine*, das Schlechte muss immer *eine* Ursache haben, welche die Natur durch Einfachheit hervorbringt. Ich füge hinzu, dass ich in einer Encyclopädie die Geschichte der Medicin zu lesen begann, und ich fand dort die Methode der *Humoristen*, die mit der Le Roy's sehr ähnlich war. Ich erinnere mich, wie wir über die Panacée lachen mussten, und er mir sagte: Dass die Panacée noch nicht gefunden ist, ist wahr; dass sie aber eines Tages gefunden werden wird, das hoffe und *glaube* ich. Er sagte, die praktischen Wissenschaften seien eine Sache für sich, ebenso die Philosophie, nur stehe sie viel höher; es gibt viele *Gelehrte*, die in der Logik *nicht stark und gewandt* sind; und dann kann es vorkommen, dass das von den praktischen Wissenschaften als *wahr* abgeleitete falsch ist. In der That erkrankte er im folgenden Jahre an *der* Krankheit, die ich ausführlich erzählte, schickte um keinen Arzt, kurirte sich nach Le Roy's Art und wurde gesund. So blieb er ein treuer Anhänger dieser Methode, und ich kann auch sagen ein *glücklicher*, bis er nach Padua gieng, und nach und nach die Gelehrten und Doctoren ihn von dieser Methode abzugehen zwangen, ich aber blieb dieser Methode treu und habe immer mich und die meinigen damit geheilt, ausser meinen Vater, der nicht daran glaubte, der dem Arzte im Alter von 63 Jahren unterlag und meiner armen Tochter, die ihrem Manne gehorchen musste, und im Alter von 29 Jahren starb. Ich bin 72 Jahre alt, meine geliebte Frau und wir leben frisch und gesund, und Gott weiss, wie lange noch; ich spreche diess nicht als Wunsch, sondern als Urtheil aus.

Ihr Paduaner werdet sagen, o wie d . . . . , wie unwissend ist er. Was würdet Ihr dazu sagen, wenn Ihr wüsstet, dass ich fest überzeugt bin, dass die *Materialisten* im Namen der Wissenschaft alle auf falscher Fährte sind, und dass sie aus wahren Entdeckungen falsche Schlüsse ziehen, und dass sie in die *vor* Galilei herrschend gewesene falsche Bahn gerathen, *Hypothesen*, von vornherein als bewiesen anzunehmen.

Aber ich fürchte, dass Sie für heute schon zu viel haben, und mir thun auch die Augen weh; das Geschriebene bleibt geschrieben und wird dem anvertraut, der sich meiner erbarmt.

Meine herzlichen Grüsse Euerer Mutter und vor allem Dir, mein süssester Isaja, der Du Dich bemühst, Deinem Vater ein dauerndes Monument zu errichten, das aus den von ihm selst zubereiteten Steinen besteht. Gott möge Dir beistehen und Dir Gesundheit und Kraft verleihen, es glücklich zu Ende zu führen. Wenn noch einige sich des Lehrers Vita erinnern, grüsse sie und sage mir ihren Namen. Ganz der Deinige שמואל.

# Biographie S. D. Luzzatto's. (¹)

Das achtzehnte Jahr sah dieses leuchtende, nach Wissenschaft sich sehnende Genie Luzzatto's noch immer als bescheidenen Arbeiter in der Werkstätte eines Mechanikers. Sein Geist sträubte sich dagegen, aber die Nothwendigkeit hielt ihn beim Drechslerhandwerk. Er trat ins neunzehnte Jahr. „Das Kind wird ein Mann", sagte der Student, während er die Schürze eines Arbeiters trug. „Endlich muss ich doch einen Entschluss fassen, vielleicht finde ich eine nicht so unangenehme Beschäftigung." Und eine Uhrenfabrik hielt den Jünger der Wissenschaft ein ganzes Jahr gefesselt. Nichtsdestoweniger genügte die Unterjochung des Geistes nicht für seinen körperlichen Unterhalt. Die Familie, bestehend aus dem Vater Ezechias, unserem Samuel David, und einer jüngeren Schwester, lebte in unbekannter Armuth. Ein spärliches Einkommen, das sie von dem Theile eines kleinen Besitzes erhielten, wurde ihnen in *einer* Nacht von Räubern entrissen. Um nur den Hunger zu stillen, mussten sie Dinge verkaufen, die ihnen weit theuerer waren, als ihr wirklicher Werth

(¹) Die hier erscheinende Biographie wurde auf Grund des von Dr. Isaja Luzzatto dem Rev. S. Morais gegebenen Materials von diesem bearbeitet und zwar in englischer Sprache, dann von Dr. J. Luzzatto ins italienische übertragen, und wir übersetzen nun aus dieser italienischen Uebersetzung Dr. J. Luzzattos, des unermüdlichen Arbeiters zur Verherrlichung seines hochberühmten Vaters und des Judenthums.

war. Ein Verwandter hatte Mitleid mit ihnen und gab
ihnen Beschäftigung in seiner Fabrik. Der alte Luzzatto
und sein Sohn, der bestimmt war, als Fürst in der
Gelehrtenrepublik zu thronen, arbeiteten fleissig Teig
für Vermicelli und Maccaroni. Ihr Vertrauen auf die Vorsehung, wodurch sie die männliche Würde inmitten von
Arbeiten, die ihrer gar nicht würdig waren, bewahrten,
war ein unbeschränktes, und die gütige Vorsehung belohnte dieses ihr Vertrauen. Die peinliche Schüchternheit
Luzzatto's hatte ihn fast unnahbar gemacht. Auch nachdem er bereits durch einige seiner Schriften bekannt
geworden war, hatte Niemand sagen können, ob der gelehrte junge Mann die Fähigkeit besitze, sein Wissen anderen mitzutheilen. Endlich wurde der Versuch gemacht,
und der Erfolg, womit derselbe gekrönt wurde, machte
seiner Armuth ein Ende. Mit dem Unterrichte eines für
das Studium befähigten Kindes beschäftigt, erfüllte Luzzatto seine Aufgabe in bewundernswerther Weise. Die
Eltern vertrauten daher sehr gerne ihre Kinder einer
Person, die mit so mannigfaltigen Kenntnissen ein so tiefes
Pflichtgefühl vereinte.

Luzzatto fing an, die Freude zu empfinden, die Frucht
seiner Fähigkeiten mit seinem verehrungswürdigen Vater
zu theilen und einige Ruhe seinem in steter Arbeit zuge-
brachten Leben zu bereiten. Während seiner Ruhestunden
übersetzte er in gutes Italienisch ein Gebetbuch nach
deutschem Ritus, und dessen Veröffentlichung im Jahre
1821 machte ihm einen grossen Namen, wenn es auch
nicht sehr einträglich war.

So vergiengen vier Jahre in Frieden und Glück, als er
im April 1824 den schweren Verlust seines Vaters be-
klagen sollte. Dessen Tod war für ihn weit furchtbarer,
als in gewöhnlichen Umständen; denn sein guter Vater

war gleichzeitig der unermüdliche Lehrer des Sohnes von
der ersten Kindheit angefangen bis ins Mannesalter
hinein. (Ein schöner hebräischer Psalm, in den Bikkure
häitim veröffentlicht, worin Luzzatto die häuslichen Tugenden seines Vaters Ezechia rühmte, die Gefühle der
Dankbarkeit gegen den Urheber seines Seins und seiner
Lehre zum Ausdruck bringt, wurde ins Englische übertragen und im Jahre 1865 im „Occident„ vonIsaak Leeser
mitgetheilt.) Aber der durch den Tod seines heissgeliebten Vaters tiefbetrübte Sohn fand Trost, indem er Wohl-
thaten gegen Lebende übte. In der Wohnung, die nun
des verehrungswürdigen Vaters beraubt war, sass täglich
ein armer aber hochbegabter Jüngling, um Nahrung und
Unterricht zu erhalten, und seine geistigen überraschenden
Fortschritte wurden für den Wohlthäter die Ursache der
grössten Freude. Fortsetzend seine Unterrichtsstunden
in der Geburtstadt und mitarbeitend an der jüdischen
Zeitschrift Bikkure häitim, die in Wien erschien, erreichte
Luzzatto das 26. Lebensjahr. Im Oktober dieses Jahres
heirathete er Bella Bel-abea Segre, welche von ihrem
Vater jene Geistes- und Herzensgaben geerbt hatte, die
ihr Gatte so schön in seiner Autobiographie beschrieben.
Sie machte ihm ein zu himmlisches Geschenk, als dass
es von den Sterblichen sollte besessen werden, in seinem
erstgeborenen Sohne *Filosseno*; eine lebendige Vollkommenheit des menschlichen Geistes (²)

Aber das wichtigste Ereigniss im Leben Luzzattos bildete das Jahr 1829.

Die Zeit hatte nämlich die Lage der italienischen Juden
bedeutend geändert. Die Unterichtsanstalten, bisher in

---

(²) Siehe Mosè 1. 1860 herausgegeben von Rabb. Levi in
Corfu.

den Schatten des Ghetto gestellt, und dessen fortschreitender Entwickelung stets Hindernisse entgegengetreten waren, konnten sich immer freier entfalten. In der Lombardei und in Venedig kamen Versammlungen zu Stande, welche ein *Collegium rabbinicum* zu Stande bringen wollten, in welchem die Studirenden nach Beendigung ihr Gymnasialstudien die verschiedenen Zweige der Theologie systematisch und wissenschaftlich lernen konnten. Aber die Frage, wem man den Unterricht in der Bibel in philologischer, hermeneutischer historischer und moralischer Hinsicht anvertrauen konnte, bewegte sehr die Gemüther der Halbinsel. Die Wahl für einen Talmudgelehrten schien viel leichter.

Fast in jeder Stadt waren gebildete Rabbinen, doch war die Wahl des Herrn Celio Della Torre eine glückliche. Er vereinigte mit einer tiefen Kenntniss des rabbinischen Wissens eine klassische Bildung, die Kenntnisse der modernen Sprachen und Literaturen und war ein Mann, der vorzüglich predigte und mit Eleganz schrieb ([3]).

Aber es war nicht leicht, eine Person zu finden, die dem zukünftigen Theologen die Liebe zu heiligen Schrift, gegründet auf die tiefe Kenntniss derselben, und den

---

([3]) Celio della Torre oder Hillel Cohen wurde in Cuneo im Jahre 1805 geboren. In zwei Jahren Waise geworden, wurde er vom mütterlichen Onkel, dem Rabbiner S. G. Treves aus Vercelli erzogen. Er war kaum 18 Jahre alt, so unterrichtete er Philologie in einem Privatgymnasium Turins. Kurze Zeit war er Rabbiner, aber bei der Eröffnung des Coll. rabb. in Padua konnte er seine Fähigkeiten besser verwerthen. In seiner Jugend schrieb er Gedichte unter dem Titel Tal Jaldut, dann eine italienische Uebersetzung der Psalmen mit exegetischen Noten, einige Predigten, theils französisch, theils hebräisch. In hebräischer Sprache veröffentlichte er Briefe voll von Scharfsinn und Gelehrsamkeit an den Redacteur des Kerem Chemed. Vor Kurzem veröffentlichten seine Söhne sehr schöne von ihm während der hohen Festtage im Monat Tischri gehaltene Predigten und im Anhang ein Verzeichniss all seiner Schriften. S. M.

festen Entschluss, dieselbe gegen die Angriffe der Skeptiker zu schützen, beibringen würde. Mit grosser Aengstlichkeit beobachtete Luzzatto die Entwickelung eines Ereignisses, welches in den Annalen des Judenthums in Italien von sich sprechen machen sollte. Schon im Jahre 1826 schrieb er seinem Freunde in Padua: Sie würden mir einen Gefallen erweisen, wenn Sie mir über Alles, was das Institut betrifft, Mittheilung machen würden. Lassen Sie mich wissen, ob das Gerücht wahr ist, und man ernstlich davon spricht. (¹) 1827 schrieb er von Neuem: Ich bitte Sie mir alle das *Coll. rabb.* betreffende Nachrichten mitzutheilen. Wird es zu Stande kommen? Ist die Wahrscheinlichkeit vorhanden, fähige Schüler zu erhalten? Welche Anstalten trifft man, die verschiedenen Lehrkräfte hiefür zu gewinnen? Männer, die aus persönlichem Verdienste oder aus Protection mich verdrängen könnten? In einem Worte, rathen Sie mir, mit zwei vorzüglichen Zeugnissen von den Rabbinen Cologna und Reggio ausgerüstet, mich darum zu bewerben? (S. hierüber Dr. J. Luzzatto's Aufsatz im Julihefte des *Corriere israelitico* des Jahres 1877). Glauben Sie, dass ich wenigstens als Candidat zugelassen werde? Und angenommen, dass ich als Candidat zugelassen werde, was rathen Sie mir für die Ruhe meines Gemüths und meine Eigenliebe zu thun? Ich bitte Sie ernstlich, da ich Sie für meinen wahren Freund halte, mir einen aufrichtigen Rath zu ertheilen? Es ist für mich eine sehr wichtiger Gegenstand, und hält

---

(¹) Die mit Dr. Saul Formiggini über das Institut gepflogene Correspondenz lag dem Autor dieser Schrift vor. Der erste, der mächtig dazu beigetragen, dass Luzzatto am Collegium rabb. Professor wurde, war der Rabb. Leon Osimo, der in einer Rede die glänzenden Vorzüge Luzzatto's als Schriftsteller und als Mensch hervorhob.

S. M

mich in steter Aufregung." Später, gegen Ende desselben Jahres schrieb er: Lebhaften Dank für die vielfachen Mühen, die Sie hatten, um meine Wünsche zu befriedigen; gleichzeitig theile ich Ihnen mit, dass ich vergangenen Freitag nach Empfang ihres lieben Schreibens per Post mein Gesuch und meine Zeugnisse abgeschickt und das Resultat Gott überlasse. Möge Gott thun, was zu meinem Besten ist. *Vertraue Gott deinen Zustand an, habe Zutrauen zu ihm, und er wird dich dein Ziel erreichen lassen.* Es war immer mein Grundsatz, mich nicht vorzudrängen, dann aber berufen, nicht zurückzutreten. Da ich einen Concurs für jüdische Wissenschaft eröffnet sah, schien ich mir dazu berufen zu sein. Wenn ich einen grössern Freund der jüdischen Literatur kennen würde, würde ich mich sicherlich nicht beworben haben " Mancher glaubte jedoch, dass seine geringe Mittheilsamkeit ein Nachtheil für ihn wäre. Luzzatto wandte sich deshalb an Dr. S. Formiggini im Februar 1828 und dieser schrieb: Ich bin Ihnen wahrhaft verbunden, für die genauen Mittheilungen, die Sie mir über alle Vorgänge machen, sowie auch für das freundliche Wohlwollen, das Sie mir entgegenbringen. Schon vor einigen Tagen wollte ich Ihnen hierfür danken und eine kleine Dissertation über die Mittheilung, von welcher nur wenige wissen, worin sie besteht, hinzufügen, aber ich habe meinen Entschluss geändert und Ihnen erst später geschrieben, um nicht den geringsten Einfluss auf diese Angelegenheit auszuüben; denn ich bin nun fest entschlossen, *das Ganze der Vorsehung zu überlassen.*"

Im Mai 1829 schrieb er folgende Zeilen: Ich schreibe viel mehr mit dem Herzen als mit dem Verstande, denn dieser, zu sehr von den unglücksvollen Folgen, die ein Schritt von den aufrichtigsten Absichten erfüllt, für mich bereiten kann, gienge durch. Und glauben Sie, dass ich, der ich seit 20 Jahren (denn im Alter von 8 Jahren dachte ich daran der Regenerator meiner Nation zu werden) mit diesem Gedanken mich beschäftige, glauben Sie, dass ich all dies nicht reiflich überlegt und erwogen habe? Aber nach reiflicher Überlegung halte ich es für das Beste, mich ganz auf das Urtheil der Alten zu stützen, und nicht wie jener unglückliche König auf unerfahrene Jünglinge. Ich habe genug gesprochen. Möge Herr Trieste entscheiden und empfehlen" ([).

Österreich, das damals über die Lombardei und Venedig herrschte, billigte die von den zwei angesehensten Männern der Halbinsel getroffene Wahl. Gabriel Trieste und Nathan Benvenisti haben das Recht dessen, der sich um die

---

[1]) Gabriel Trieste *sen.*, Direktor des *Colleg. rabb.* in Padua seit dessen Inslebentreten, war der eifrigste Israelit für die öffentlichen religiösen Angelegenheiten in Padua. Luzzatto spricht in seinen Briefen häufig von ihm. In seiner Einleitung zum Propheten Jesaja schreibt er: Unter den Besten, die mich unterstützten, nenne ich den unter unseren Glaubensgenossen hochberühmten, den Stolz unserer Gemeinde, der voll ist von herrlichen Eigenschaften, die alles Lob verdienen, der Gottesfurcht mit Weisheit vereint — den edelmüthigen Herrn Gabriel Trieste, der mir und meinem verstorbenen Sohne Fillosseno die reichste Güte angedeihen liess. Unser trefflicher Freund Dr. Jesaja Luzzatto theilt uns mit, dass Rev. Morais für den älteren G. Trieste mit dem jüngeren verwechselt, da die Stelle in Jesaja sich auf den jüngeren bezieht. Uebrigens waren beide aussergewöhnliche Männer, der erstere war sehr gelehrt und ein wirklicher Philosoph, der zweite ein treuer Anhänger der angestammten Religion. Von dem letzten spricht Luzzatto in Kinnor naim (II. S. 313), indem er ihm zur Genesung Glück wünscht. Diesem Sonett sind folgende Worte vorgesetzt:

— אל הגבר היקר המהולל ברוב התשבחות

— כמר גבריאל טריאסטי היו — כי זלה ויחק

ויתפלל תפלת נעילה כב דהב אששניב בנעם קילי

עון — ככהו מאו כוהו עתה יהעיר פאדוה

צהלה ושמחה — ליהדים היתה אורה ושמחה

וששין ויקר:

Professur der biblischen Literatur beworben, anerkannt.
Im 30. Jahr hatte endlich S. D. Luzzatto die Genugthuung
trotz des Verdachtes, den man gegen seine einsamen
Studien hatte, zu sehen, dass der Lenker der menschlichen
Geschicke seiner Gelehrsamkeit ein weites Gebiet eröffnet habe. Er verliess seine Geburtsstadt, wo er wegen
seiner Liebe zur hebräischen Sprache so viel erdulden
musste, um nach Padua als bewunderter Meister der
hebräischen Sprache zu kommen. Im Cheschwan 5590 —
November 1829 — wurde diese rabbinische Anstalt fortan
als ein Muster für die in den übrigen Ländern Europas
errichteten theologischen Anstalten feierlichst eingeweiht.
Um die Feierlichkeit zu erhöhen, wurde ein ausserge-
wöhnlicher Gottesdienst in der deutschen Synagoge ab-
gehalten, welchem christliche Professoren und hervorragende
Männer beiwohnten. Elia. Aron Lattes, Oberrabbiner von
Venedig, verkündete, dass der Kaiser Franz I. die Wahl
der Herren Della Torre und Luzzatto genehmigt, und er-
mahnte seine Glaubensgenossen in kurzer Rede, der ein
glühendes Gebet folgte, den Beweis zu liefern, wie sehr
sie das Interesse des Kaisers für diese Anstalt zu würdigen wissen, da die Anstalt dazu berufen sei, neuen
Glanz über das Judenthum zu verbreiten.

In einem langen Briefe, welchen der berühmte Jsaac
Reggio an den Paduaner Rabbiner Ghirondi erhalten und
der im Kerem Chemed veröffentlicht wurde, ist folgender
Aufruf zu lesen: „ Söhne Israels, die Ihr in Italien
wohnt, lenket die Schritte Euer Kinder zur Wiege der
jüdischen Wissenschaft, in welcher die Schüler durch
eine gute Methode das nöthige Wissen erlangen werden,
den Herrn (Gott) anzubeten und andern unsere Gesetze
kundthun werden, damit der Ruhm unserer Genossen-
schaft bei den übrigen Völkern erhöht werde. Zeiget,

dass die Jünger dieser Anstalt einen richtigen Begriff von ihrer Religion haben und dass sie jeder Anforderung in Bezug auf Bibelkentnisse und Wissenschaft genügen können, und die ganze Welt dann eingestehen wird, dass es uns gelungen ist, mit den Berühmtheiten der früheren Zeit zu rivalisiren — mit den jüdischen Theologen und Aerzten dieses Landes.

Aber obgleich die gröste Zahl der Hörer, (welches leider kurz nach Luzzattos Tod zu Grunde ging[6]) Italiener waren, fanden sich dennoch auch Deutsche, Russen und Polen, die zu den Füssen des grossen Professors sassen. Er, der analytisch die heilige Schrift vortrug, interessirte sich sehr für das Geschick seiner Hörer. Es war sein Stolz, jede Ansicht, die sie hatten, zu vernehmen und zu notiren und mit väterlicher Liebe verewigte er in den eigenen Commentarien die Ideen, die die sie über verschiedene Themata äusserten.

Seine Schüler waren seine liebsten Freunde. Durch sie wurden mehrere Werke hervorgebracht, die den Namen S. D. L. (Sedali) verewigten.

Die italienische Uebersetzung und die hebräischen Noten zu Isaja, die kein anderer als Luzzatto hätte machen können, wurden im Laufe seiner Vorlesungen von ihm verfertigt. Gleichen Ursprung haben die italienische Uebersetzung des Buches Ijob, sowie der grössere Theil der biblischen Bücher. Die vollständige Grammatik der hebräischen Sprache, die Elementargrammatik der chaldäischen, der Bibel und des Talmud, verdanken ihre Entstehung der tiefen Erkenntniss, die Luzzatto von den

---

Siehe dagegen die Zeitschrift Mosé 1882, Maiheft S. 161. Der Brief *Arv. Michele della Thore*, wo er mittheilt, dass das *Collegium rabbinium* erst am 9. Juli 1871 aufgehoben wurde.

Pflichten eines Lehrers hatte. Die dogmatische Theologie, die Moraltheologie, Werke, welche die Fortsetzung und Entwickelung des Judenthums genannt werden dürfen, hatten die Absicht, den Gefühlen eines sich stets gleichbleibenden Charakters zu entsprechen. Die italienische Uebersetzung und der hebräische Commentar des Pentateuchs, seine religiös-historischen Abhandlungen, seine Vorlesungen über die Ereignisse der Juden nach der ersten Zerstörung und viele andere Arbeiten stammen ohne Zweifel von dem seltenen Pflichtgefühle, das er vor Gott und dem Judenthume verantworten zu müssen glaubte, her. Und dieses Gefühl, welches Familienunglück nicht schwächen konnte, war die Ursache, dass alle, welche eine richtige Anweisung zum Erforschen der heiligen Wissenschaft verlangten, sich an Luzzatto wie zum Polarsterne wandten. Ein ganz fremder Neuling durfte sich kühn an ihn wenden und durfte sicher rechnen, ausführliche befriedigende Nachrichten von ihm zu erhalten. Die Briefe, die er empfangen und beantwortet, und die Bezug auf jüdische Wissenschaft haben, können eine Bibliothek ausfüllen Denn Juden sowohl als Nichtjuden wussten, dass der Professor von Padua seine Talente nur als Urtheil betrachtete, die Menschen besser zu machen. Was er dem Dr. Formiggini sagte, wurde von Luzzatto im Leben bewährt: „Wenn Sie mich achten, so hoffe ich, dass es nicht der Fähigkeiten wegen ist, welche ich besitze, sondern wegen des Gebrauches, den ich von ihnen mache, den Gebrauch einer wohlerwogenen Denkungsart. Und das ist der einzige Grund meines Stolzes.

Es erschien kaum eine Zeitschrift in hebräischer, italienischer, deutscher, französischer Sprache, zu der Luzzatto keine Beiträge geliefert hätte. Ein verdienstvolles Werk verliess selten die Druckerei, ohne seinem Urtheil unterworfen zu werden. Die hochgestellten Personen, wie die niedriggestellten nahmen seine Zeit in Anspruch, welche er unermüdlich dazu verwandte, die Wissenschaft zu verbreiten. Rappaport, der Vater der modernen Kritiker, Zunz, der Nestor der jüdischen Wissenschaft, Dukes, der Alterthumsforscher, Kirchheim, der unermüdliche Forscher der nachbiblischen Zeit, Jellinek, der fruchtbare Gelehrte und Prediger und eine grosse Zahl unserer Gelehrten schrieben nach Padua um Rath oder Beifall, Ermuthigung oder eine anfrichtige Meinung zu erhalten

Sedal war zu aufrichtig, als dass er nicht manchmal die Empfindlichkeit eines Autors verletzt hätte. Seine literarischen Gegner berichten dies, um ihm unlautere Motive unterzuschieben. Richtete er seine Hiebe gegen den Nationalismus, so wurde er des Bigottismus (der Frömmelei) beschuldigt, so sagte man, er wolle das Judenthum stürzen. Die ihn aber näher kannten und seine ungeheuchelte Religiösität und die Rücksicht, die er selbst den Ansichten entgegengesetzter Ansichten angedeihen liess, sahen, diejenigen welche wussten, dass Luzzatto vertheidigen, die Wahrheit vertheidigen heisst, liessen keinen Makel an Luzzatto haften. Hier will ich eine Thatsache, die der menschlichen Natur Ehre macht, anführen.

Mehrere brühmte Autoren, die das ausseigewöhnliche Verdienst Luzzatto's anerkannten, ohne derselben religiösen Richtung anzugehören, erwähnten nie den Namen Luzzatto ohne Verehrung. — ein Abraham Geiger z. B. dessen ungeheure Gelehrsamkeit z. B. Luzzatto anerkannte, dessen heterodoxe Ansichten aber er verurtheilte und von der Urschrift sogar sagte: „Ich glaube, dass die neuen hier bewiesenen Theorien nichts anderes als der Ausfluss chimärischer Ideen und einer erhitzten Phatasie sin t. — Und als dieser Gelehrte zum 25. jährigen Jubiläum seines Rabbinates öffentlich gefeiert wurde, schicke ihm Luzzatto folgende pikanten Verse nebst einem Glückwunsche:

*Che Dio nella sua bonta voglia benedire Abram*
*Coronare i suoi sforzi die scienza e di successo*
*Accordargli una lunga vita, affinche si accinga*
*A rialzare cio che ha atterrato.*

(„Möge Gott in seiner Güte Abraham segnen, seine Bemühungen in der Wissenschaft mit Erfolg krönen, ihm ein langes Leben gewähren, damit er das, was er verdorben, wieder gut machen kann.)

Und der Berliner Gelehrte beleidigte sich nicht nur nicht darüber, sondern stand ferner mit dem Manne in freundlichem Verkehr, der stets bereit war, der Welt mit seinem ungeheuren Wissen zu dienen.

Und nun bittet Geigers Sohn den Sohn Luzzattos um die Briefe seines Vaters, damit sie im letzten Bande der nachgelassenen Schriften veröffentlicht werden. DieseBriefe mit ihten Antworten, welche auf fliegenden Carten geschrieben, eine Menge Noten und Aufsätze enthalten, die von dem berühmten Filosseno treulich gesammelt wurden, werden leicht die Biographie S. D. Luzzatto's ergänzen helfen.

## Skizze aus dem Leben Ezechia Luzzatto's.

Es ist nichts ungewöhnliches mehr, dass man beim Nachdenken über die Schicksale hervorragender Familien und über die Arbeiten ganz vorzüglich begabter Personen auch die Schicksale der Ahnen erforscht, um den Namen der würdigen Nachkommen desto berühmter zu machen. Heute ist der Name des Professor Samuel David Luzzatto ein in ganz Europa berühmter, seine Werke sind zahlreich und können ohne Uebertreibung ein literarishes Kaleidoskop genannt werden, denn sie umfassen die Grammatik, die Philologie, die Geschichte, die Rhetorik, die Poesie und die Exegese der heiligen Schrift: eine Encyklopädie, um nicht mehr zu sagen, damit man mich nicht der Heuchelei zeihe. Man ist gezwungen, eine solche Vielseitigkeit des Geistes zn bewundern und forscht sehnsüchtig den Keimen nach, welche jenen Lebensbaum im Eden unsrer Literatur hervorgebracht, welcher köstliche und süsse Früchte gezeugt hat. Aber nicht so leicht vermag man in den durch die Bescheidenheit verhüllten Kreis der Patriarchen zu dringen. Aber nach all den vielen Durchsuchungen unter vielen bestaubten und vom Zahn der Zeit hart beschädigten Schriften, wollen wir einen der Vorfahren S. D. Luzzatto's, nämlich seinen *Vater*, hier vorführen.

Ezechia, Sohn Benedetto Luzzatto's und der Rachel Grego aus Verona, wurde in S. Daniele in Friaul im Jahre 5521 am 20. Schevat (25. Januar 1761) geboren. Die Familie seines Vaters bestand aus 2 Knaben, David und Ezechia und aus 4 Schwestern, Carolina נחמה Berseba בתשבע Tamar תמר und Benedetta ברכה alle in S. Daniele geboren.

Ezechia nennt seinen Charakter hypochondrisch, melancholisch und geneigt zu der Unart des Ballwerfens mittelst Holzstäbchen. Die Neigung zur Hypochondrie schwächte seinen Körper immer mehr und durch seine mechanischen Studien, welche unendlich viel Nachdenken erforderten, da er das *perpetuum mobile* erfinden wollte, litt er grosse Kopfschmerzen und häufiges Herzklopfen,

Schmerzen, die nach dem Tode der Mutter viel häufiger
noch als früher sich einstellten. Eine andere Folge seines
hypochondrischen Temperaments war seine Neigung zu
den Träumen, die ihn in schrecklichen Gesichtern er-
schütterten, sonderbare Berechnungen ihn anstellen liessen,
um die Lotterienummern zu treffen. Nachdem er aber
einmal die Abstracta dieser Studien erkannt hatte. rieth
er jedem davon ab. In seiner zartesten Kindheit legte
er Beweise seiner Gewecktheit und seiner Waghalsigkeit
ab, er setzte sich in Gefahr, um Tauben zu fangen; sehr
gern und sehr hitzig sprach er mit Priestern über Religion.

Den ersten Un<!---->terricht und die erste Erziehung erhielt
er von seinem Bruder David, der sein Gevatter war
(סנדק). Sein unternehmender und unruhiger Geist
iess immer neue Gedanken über die Erfindung von
Maschienenentstehen und er selbst schreibt, dass er seit
dem Jahre 5541 (1781, 17 Juni.) seine erste Maschine versucht habe, aber er habe sich in seinen Er-
wartungen getäuscht, er machte neue Versuche, bis es
ihm endlich gelang, wie man in der Folge, wo wir von
Ezechia als Drechsler sprechen werden, sehen wird.


### Ezechia Luzzatto als Familienvater

Der Vater des Ezechia, Benedetto Sohn Davids, war
ein sehr pünktlicher Beobachter der heiligen Schrift,
rasierte nie seinen Bart, ass nie Fleisch, nährte sich nur
von Fischen, Obst und Kräutern, liess nie am Sabbat
Feuer anmachen, auch nicht im Winter, es sei denn für
Kranke, er stand stets 2 Stunden vor Tagesanbruch auf,
beschäftigte sich in dieser Zeit mit Gebeten und exe-
getischer Lectüre; er war der erste Lehrer Ezechias

und wollte einen grossen Mann aus ihm machen. Er war gichtleidend und musste auf Krücken gehen, hatte 17 Kinder, von denen nur 6 lebten, und zwar 4 Mädchen und 2 Knaben, David und unsern Ezechia. Er starb 81 Jahre und 3 Monate alt im Dezember 1794, nach kurzer Krankheit bei vollem Bewusstsein und der Rede mächtig.

Wie sein Vater, war auch Ezechia orthodox bis zum Excess, hielt Buch über die Sünden, die er begangen zu haben glaubte und war sehr geneigt zur Ablegung von Gelöbnissen, zur Enthaltsamkeit, zum Fasten, zur ascetischen Lectüre; auch war er wohlthätig. Dies ging so weit, dass er vom Jahre 1780 an den zehnten Theil seiner Einkünfte wohlthätigen Zwecken bis zu seinem Tode zuwandte. Als sich seine physischen und moralischen Fähigkeiten entwickelt hatten, und er die Nothwendigkeit eingesehen hatte, einen Beruf sich zu wählen und ein Hauswesen zu gründen, fand er diesen Punkt sehr schwer ausführbar, da er fürchtete, nicht hinlänglich Geld zu verdienen, um die Familie zu erhalten. Er selbst hinterliess die Worte: Man müsse eine junge Frau heirathen, um Kinder zu haben und sie erziehen, aber erschreckt von den Folgen fügt er hinzu: Man muss viel Verdienst haben, sie zur Liebe Gottes erziehen zu können, und führt den Vers des Sirachiden an: Trachte viel Kinder, sei es auch 100, zu haben. heirathe ein junges und nicht ein altes Mädchen, weil ein altes die Kräfte schwächt. Aber Luzzatto betrachtete diesen Grundsatz als einen falschen. Sein glaubenswarmes Herz fährt so fort: Wahr ist es, dass Gott nichts unmöglich ist, aber man muss dieses Verdienstes, so viel Gnade zu erhalten, würdig sein; mit der Familie kommt die Armuth, und man muss, bevor man zur Ehe schreitet, genau Rechenschaft hierüber sich selbst ablegen. Er schrieb daher, bevor er an die Eheschliessung ging, seinen Vermögenstand auf, und das verdient der Originalität halber hier mitgetheilt zu werden.

Von 18. bis 21. Jahre hatte er 21 Zechinen gesammelt, und im 25. hatte er mit Gottes Hilfe schon so viel, dass er die Familienausgaben bestreiten konnte; denn er verdiente zu 25 Jahren 150 Zechinen und konnte so die häuslichen Bedürfnisse und die Kleidung decken.

Nachdem er sich zum Heirathen entschlossen hatte, heirathete er am 28. Januar 1795 Miriam Regina, Tochter des Samuel Cormons, Lolli zugennant, die in S. Daniele geboren wurde und nunmehr bereits Wittwe des Benedetto Gentilome war. (Den Namen Lolli statt Cormons nahm er aus *dem* Grunde an, weil er sagte: Er habe nichts mehr auf der Welt,) Da sie als kinderlose Wittwe zurückblieb, gab ihr Schwager ihr die Chalizah, sie heirathete unsern Ezechiel und brachte ihm 400 Crocioni Mitgift. Es zeugte 3 Knaben: Samuel, der in den Windeln starb, Benedetto, den berühmten Sedal, und eine Tochter. Es war eine so hochverdienstliche Frau, von musterhaftem Fleisse, von ausserordentlicher Mäsigkeit, nur am Samstag ass sie Fleisch. Jeden Tag las sie 9 Psalmen, an Feiertagen jedoch 14. Sie starb den 13. April 1814 an einer Lungenentzündung im Alter von 52 Jahren, beklagt von allen, welche sie kannten.

Während Ezechia in S. Daniele wohnte, hatte er von seinem Bruder David das Drechslerhandwerk in 16 Monaten erlernt; als aber die Juden von dort vertrieben wurden, begab er sich nach Triest, wo bereits sein Bruder David gewohnt hatte.

Dieser David, der Bruder unseres Ezechia spielt eine interessante Rolle im Leben unseres Bruders. Aelter als er, war er ausserdem, dass er sein Pathe war, auch Lenker seiner ersten Schritte. David hatte ein ereignissreiches Leben.

Er war Schulmeister, Buchhändler, Diener, Drechsler,
Goldarbeiter, Holzschnitzer, sehr geschickt im Verfertigen
von Druckerschrauben, unterichtet im *Talmud*, verstand
vortrefflichen Lack zu bereiten, und liess auch ein Geheimniss zu desen Bereitung schriftlich zurück. Es war
ein Stoff, zubereitet aus zerriebenem Bernstein, siedendem
Wasser, Hanföl und Gummi arabicum. Er emfiehlt, ihn
(den Lack) auf freiem Platze zuzubereiten. Es scheint,
dass sie sich nicht vertragen haben, aber sie haben sich
versöhnt. Er starb im Jahre 1806, im Alter von 60 Jahren an der Wassersucht am 22. Elul. Auch er beschäftigte sich noch vor Ezechia mit der Erfindung von Maschinen. Ezechia Luzzatto hatte 4 Schwestern, die sämmtlich ihre eigene Lebensbeschreibung niedergeschrieben
haben. Bersabea Annina war schön, gut und sehr
tüchtig in Seiden-und Banmwollarbeiten, machte besonders gerne Bettdecken, sie verstand zu *klöppeln* und zu
spinnen, übersetze auch mit Leichtigkeit die hebräische
Sprache.

Sie heirathete in schon vorgerücktem Alter Joel
Malta. Wittwe geworden, heirathete sie den Mose Luzzatto
aus Görz, einen reichen, buckligen Herrn, der einige Tage
nach der Hochzeit starb. Sie war bald darauf so arm, dass sie
von den Verwandten unterstützt werden muste. Die andere
Schwester Carola נעכמה‎ wurde im Elend erzogen, und doch
erzog sie die anderen Familienmitglieder. Sie war für jene
Zeiten sehr gebildet, verstand das Lesen, Schreiben
und Rechnen, ja sogar die Gemara.

Sie übernahm jede Arbeit, sogar die Wäsche, war ab-
wechselnd Schneiderin, Lehrmeisterin, und obwohl sie bis
tief in die Nacht arbeitete, lebte sie kümmerlich und wies
jeden Heirathsantrag zurück, damit der Vater nicht arm
werde. Sie starb an der Gicht ganz buckelig, im Alter von
65 Jahren am 17. Teveth 5566 (1806).

Die andere Schwester Tamar hatte ein wechselvolles Leben Auch sie war sehr gelehrt und heirathete Benedetto, Sohn des Arztes und Dichters Isaak Luzzatto, den Bruder des berühmten Efraim Luzzatto, den Verfasser der Dichtung בני הנעורים, Nachdem dieser Isaak die erste Frau verloren hatte. heirathete er Tamar.

---

## Ezechia Luzzatto als Autor.

Von der zartesten Kindheit angefangen, zeigte Ezechia die glühendste Neigung, den strengen Sitten seines Vaters treu zu bleiben, die Gesetze Mosis und die talmudischen Vorschriften genau zu beobachten. Den ersten Bibelunterricht erhielt er von seinem Vater und seinem um vieles älteren Bruder, von dem er überhaupt viel lernte. Seine ersten in hebr. Sprache abgefassten Schriften sind 1) זקני בת ציון, die ein Alphabetischer Index der Personennamen aus der Bibel und dem Talmud, 2) פתרון חלומות die Deutung der Träume nach dem Talmud enthalten. Er hatte stets wenig Neigung zur Grammatik und bezeichnete sie als eine eitle Sache. Und in der That ist seine Schreibweise nachlässig, ordnungslos und ohne Orthographie.

Ausser seinem Drechslerhandwerk war er Getreidehändler; kaufte, verkaufte und speculirte, je nach Zeit und Umständen. Er machte im Getreidehandel traurige Erfahrungen und musste oft beten und fasten. Neben dem Geschäfte in Hülsenfrüchten lieh er auch auf Pfand gegebene alte Kleider und andere Gegenstände, und so gewann er sich ein leidliches Auskommen.

Seinem ersten Sohne gab er den Namen Samuel Vita; er würde geboren den 8. Shevat, und lebte nur 13. Tage; der zweite, Benedetto genannt, lebte 3³/₄ Jahre und starb an den Masern am 5. Tebeth. Dieser Todesfall wurde von Ezechia als einer der grössten in seinem Leben angesehen. Während der Krankheit fastete dieser Mann in der höchsten Verzweiflung 3 Tage, seine Frau aber betete und machte eine sehr rührende und lange Beschreibung der Frühreife des Kindes. Seinen Schmerz drückt er in einer Elegie aus, die folgendermassen begann:

אהה בני אדמוני יפה עניים וטוב ראי

אין נבין וחכם כמוך

איש גבור וחיל ,בנות ישראד אל ברוך

בבנה. קראו למקוננות ותביאנה מי יתן עני מקור

דמעה.

Interessant ist auch die Lectüre eines an Gott gerichteten Briefes, worin er Gott bittet, ihm einen hochbegabten Sohn zu schenken. Und dieser. *gewünschte Sohn wurde in Triest am 22. August 1800, am 1. Ellul 5560, Freitag gegen 7 Uhr Nachmitags geboren, es war Samuel David Luzzatto.* Nach der Geburt Sedals hatte er noch eine Tochter Rachel Conrola, die noch jetzt lebt.

Ezechia hatte immer eine Miethwohnung, bis er bei Pondares ein Haus kaufte, welches noch jetzt als das von *Sedal* bewohnte Haus gezeigt wird.

---

## Ezechia Luzzatto, Drechsler und Maschinist.

Von seiner frühesten Kindheit legte Ezechia Proben seiner Neigung zur Mechanik und zur Erfindung von Maschinen ab.

Zu..ieher wollte er ein *perpetuum mobile* schaffen, aber dies gelang ihm nicht, und die Folge dieser ungeheuer anstrengenden Studien war seine Krankheit. Er versuchte dann ein zweites mal, beschreibt die Maschine wie folgt:

„Das Rad soll sich in der Luft von selbst bewegen, indem man eine achtarmige Spindel u. s. f."

Er versuchte auch eine durch ein Rad sich bewegende Maschine zu machen und nannte dieses Rad: Rad des Ezechias.

Kaum hatte Mongolfier den Luftballon entdeckt, so wollte er gleichfalls eine Maschine, die horizontal mittelst Luftdruck gehen sollte, bauen. Man rieth ihm aber von all diesen Dingen ab, und er liess auch von ihnen, nachdem er die Unmöglichkeit des Erfolges eingesehen.

Aus der in S. D. Luzzatto mitgetheilten Autobiographie erhellt jedoch, wie ernst er es mit seinen diesbezüglichen Versuchen gemeint habe, so dass er um Unterstützung das Haupt der israel. Gemeinde in Triest angieng. Es war aber auch das fruchtlos, und so dürfte man auch zu den Entdeckern der Dampfkraft nicht blos Salomon Paul Fulton und Watt, sondern auch unsern Luzzatto rechnen.

---

## Ein an Gott gerichteter Brief.

2. Sebat 5561.

*Allverehrter Gott!*

Zu *meinem* Nutzen hast du mich auf die Welt kommen lassen, und um Dir zu gehorchen, vollziehe ich Deine heiligen Gesetze, verheirathete ich mich und begann meinen Sohn in der heil. Schrift zu unterrichten, und während ich ihm viel Liebe hierfür eingeflösst, bin ich seiner beraubt worden. Dadurch, dass Du mir ihn hienieden entrissen, hast Du mir einen grossen Schmerz bereitet, mein Gott und ich bitte Dich um Verzeihung für die begangenen Sünden, die ich aufrichtig bereue; möge das Unglück, das mich betroffen, sie sühnen; und tröste mich dadurch, mein Gott, dass Du mir das nächste Jahr einen Sohn schenkest, der hundert glückliche Jahre leben möge; so weise wie der König Salomo, gut und fromm wie Samuel, der Sohn Channa's, vollkommen gesund und schön wie Josef, Sohn Jakobs, reich wie unser Erzvater Abraham, als er reich war, stark wie unser Vater Jacob, als er Rachel den Weg öffnete, sei dass alle seine Nachkommen gut mit Dir und glücklich seien, dass ihre Nachkommen nie zu Grunde gehen, und dass sie nach ihrem Tode jenes Glückes theilhaft werden, das die Guten und Gerechten geniessen, Amen. Und so bitte ich Dich, Ruhe und Glück der Seele meines heissgeliebten Benetto zu geben, mir und meiner Genossin (Gemahlin) und bin Dein treuer Diener Ezechia, Sohn des seligen Benetto Luzzatto.

Diese zwei Schriftstücke zeigen Luzzatto als tüchtigen Mathematiker, fleissigen Arbeiter und gefühl vollen Familienvater, der voll von Gottvertrauen und heiliger Resignation ist. Interessant ist es, dass seine Bitte erfüllt wurde, dass ihm ein Sohn geboren wurde, der eine literarische Grösse Italiens *war und bleiben wird* und einer der grössten jüdischen Philologen dieses Jahrhunderts; *Der* Samuel David Luzzatto, der am 10. Tischri 5626 (1. October 1865) dem Irdischen entrissen wurde.

Fahren wir nun in der Lebensbeschreibung des tüchtigen Mathematikers und Drechslers fort. Er hinterliess eine ausführliche Beschreibung einer Spinnmaschine in

24 Artikeln. Er beschreibt dieselbe bis in die kleinsten Details. Überdiess hatte Ezechia chemische Kenntnisse sich angeeignet in Bezug auf Farbenmischung, um Cement und Firniss zu bilden. Die wichtigste Zusammensetzung ist die *Colla Caravella*, bei Holzschnitzern und Handarbeitern im Gebrauche. Er sagt, die Art der Zubereitung vom Gerber und Kürschner Pietro Fabrizio di Clavseto erhalten zu haben.

Vieles indess von diesen Künsten lernte er von seinem Bruder David. Er selbst spricht von seinem Bruder, als einem vorzüglichen Drechsler, Goldarbeiter, Buchbinder, Maler, Holzschneider, überdies verstand er die Gemara, war fromm, gerecht, gottesfürchtig und wich vom Bösen. Den Armen war er stets hilfreich. Er studirte immer vor Morgenanbruch, „ich hörte ihn, weil ich nicht gut sah" schreibt Ezechia. Sein Körper war entwickelt, hoch, dick, schön, nur blatternarbig, Das ist das Portrait David Luzzattos.

---

## Ezechia Luzzatto als Schriftkundiger.

Dass Ezechia fleissig Talmud studirt, selbst im vorgerückten Alter, ist, bereits in der Autobiographie Luzzatto's mitgetheilt worden, wo wir erfahren, dass Ezechia mit seinem Sohne den ganzen Talmud durchging. Sein Talent aber bekundet sich vorzüglich in Commentiren und hier wiederum in der Synonymik, wo er *das* zu leisten versuchte, was Tomaseo für die italienische Sprache schuf ([1]).

---

([1]) Der Titel dieses berühmten Werkes ist: *Nuovo Dizionario dei sinonimi della lingua italiana compilata di Nicolo Tomaseo. Parte prima. Firenze. Presso dio Pietro Vieusseux editore.* 1839.

Beim Commentiren befolgte er die Methode Kimchi's in Bezug auf Lakonismus, Klarheit und Verschiedenartigkeit der Bedeutungen. Die räthselhafte Deutung Ibn Esra's, die Leichtigkeit der Sprache, wie wir sie bei Abrabanel finden. Es sind einige Skizzen des Commentars zu den Psalmen, zum Ecclesiasten wie zu anderen Theilen der Bibel vorhanden, von denen wir später etwas mittheilen. Den Philologen würde vorzüglich sein Pentateuchcommentar unter dem Titel לישועתך קויתי ה׳ interessiren. Den sonderbaren Titel erklärt der Autor wie folgt in der Einleitung des Werkes: Als ich die Erklärung zu den Worten יודוך אחיך schrieb, bemerkte ich, dass bei *Jehuda* er sich des Stammes, *es werden* dich loben, יודוך bedeutet, bei *Dan* wiederum des gleichstammigen ידין, er wird sein Volk richten, ebenso *Gad* der Stamm *Gad* גד גדוד יגודנו und da ich fürchtete, dass das Wort zweideutig sein würde, wenn ich es durch *Glück* übersetzen würde, zog ich vor, es durch *Schaar, Heer* zu übersetzen da ich immer auf die göttliche Hilfe und nicht auf Glück vertraute.

Nun erschien ihm in der Nacht eine Vision, die ihm sagte, dass er ein Engel sei, dem sein Commmetar gefalle, und ihn mit dem priesterlichen Segen יאר ישא יברכך und nicht mit גד Glück Zufall segne; deshalb betitelte er seinen Commentar mit לישועתך קויתי ה׳ (¹)

---

(¹) Er hatte ein Buch unter dem Titel נזר אהבה להזקיה הרש עצים als Commentar zur Bibel begonnen, aber mit cabbalistisch-philosophischer Tendenz, mit Betrachtung über גמטריות und ein sonderbare Berechnung der Jahre der ersten Patriarchen und über deren Alter. Von *diesem* Commentare bestehen nur einige Blätter, die bis zur Parascha *Noah* reichen.

Dieser Bibelcommentar verdient ein ernstes Studium von Seiten der Philologen. Es unterliegt keinem Zweifel, dass dieser Commentar von Ezechia Luzzatto herrührt, denn im Commentar zur Stelle וַיָגָר אַבְרָהָם spricht er von denen, die schlechtes befürchteten und denen Gutes zu Theil wird, wie z. B. *Josef* nach Ägypten gebracht wurde und die אָסְנַת heirathete, *Mose* nach Midjan kam und die Zippora heirathete, und später sogar der König seines Volkes wurde, ebenso, sagt Ezechias, ergieng es meinem Vater Benetto, dem Sohne David's, der aus San Daniel vertrieben, nach Triest gieng und daselbst nicht nur seinen Unterhalt, sondern auch Ehemänner für seine Töchter fand, und auch *ich* gieng, um einem Ebräer zu dienen, blieb nur *einen* Tag daselbst, wurde *ohne* Grund entlassen und fand dort *Mariam Regina*, mein Weib und mein Glück; denn Gott fehlt es nie an Mittel zum Heile.

Dieses Manuscript, wie die übrigen, voll von grammatischen und orthographischen Fehlern, wurde von dem Sohne (S. D. L.) sorgfältig abgeschrieben, verbessert und vervollkommnet. Noch ein anderes ist in dem corrigirten Manuscript zu bemerken: Zur Stelle: Siehe ich habe 1000 Silbersekel deinen Bruder gegeben (Gen. XX, 16) ist der handschriftliche Commentar Luzzatto's fast wörtlich übereinstimmend mit dem des berühmten Isac Reggio.

Von diesem interessanten Commentar besteht ein uncorrigirtes Manuscript, das bis zum 31. Capitel des IV. Buches Mosis reicht; der Commentar aber mit verbesserten Texte reicht nur bis zum 16. Capitel des Exodus.

## Commentar zu den Psalm.

Der handschriftliche Commentar zu den Psalmen zeigt uns den Drechsler und Maschinenfabrikanten Ezechia weit vorgeschritten in den Wissenschaften, die damals bekannt zu werden anfingen. Die Stelle אין אמר ואין דברים בלי נשמע קולם wird, wie folgt, von Ezechia erklärt: Keine Rede, kein Wort (kommt von ihnen,) auch hört man ihre Stimme nicht, aber obwohl stumm, machen sie es bekannt, dass die Sonne fest steht, und sich nicht bewegt, und dennoch verbreiten sich die Sonnenstrahlen über die ganze Erde (קו השמש-Sonnenstrahl), weil wenn die Sonne nicht feststünde, könnte sie nicht die *ganze* Erde beleuchten, und davon sprechen die Menschen an allen Enden der Erde מליהם Die Sonne steht fest in ihrem Zelte im Himmel und bewegt sich von Osten nach Westen. Und so sind die Reden der Menschen: ואלה דבריהם יהוא כחתן יוצא מחופתו denn wenn sie sich drehen würde, könnte man nicht sagen ואין נסתר מחמתו Dieser Gedanke, dass die Sonne fest steht und die Erde sich dreht, erscheint wieder in Ezechia's Commentar zu Kobeleth u. z. zur Stelle וזרה השמש wozu er bemerkt: Einige glauben, dass die Sonne sich um die Erde dreht, aber dem ist nicht so. denn יאל מקן מי ישואף זורה הוא שם weil in dem unendlichen Raume, in welche mdie Er de sich um die Sonne dreht, Licht und Helle ist.

Sie sagen auch dass die Sonne sich vom Süden dem Norden zuwendet, הולין אל דרום וסובב אל צפין wie es unseren Augen erscheint, aber dem ist nicht so weil

סובב סובב הולך הרוח und dieser ist רוח unsere
Atmosphäre, mit der Erde, welche in der Mitte ist,
die sich um die Sonne dreht; und *nicht* die Sonne
ist es, die sich um die Erde und die Luft dreht; ein
solches Wunder scheint auch dem menschlichen Auge,
dass das Meer nie voll wird, was aber *daher* kommt,
dass der Regen und alle Quellen dem Meere entspringen,
dann aber in die Flüsse zurückkehren הגשם והמעיינות
באים מן הים והולכים בנהרות.
Aus diesem kurzen Mittheilungen kann man die philosophische und wissenschaftliche Richtung *Ezechia Luzzatto's* ersehen, sowie auch, dass sein Commentar mit
den berühmtesten älteren Commentaren die Prüfung bestehen könnte, wenn auf die Gramatik und Ortographie
mehr Sorgfalt verwendet *worden* wäre.

---

## Verschiedene Bedeutungen eines Wortes.

תקע bedeutet in die *Trompete stossen*. Es bedeutet
ferner in die Erde *festschlagen*. Diess lässt sich daraus
erklären, dass beim Blasen die Luft in der Röhre bleibt
und den Ton hervorbringt, und beim Hineinschlagen des Nagels
mit dem Hammer in die Erde derselbe ebenfalls fest bleibt.

תער bedeutet *Rasiermesser* und *Scheide*, weil die
Scheide in gleicher Weise für ein Schwert wie für ein
Rasiermesser benöthigt wird; das Enthaltende sowie der
Inhalt mit *einem Worte*.

שרד Röthel welches die Maurer gebrauchen, um zu bezeichnen, dass der Platz unberührt soll und das ist auch
שריד *Ueberrest, frei*.

Ich weiss diess, fügt Ezechia hinzu, weil ich auch darin arbeite, denn mein Handwerk allein nährt mich nicht, aber Gott hat mir bisher geholfen und wird mir weiter helfen.

אשמנים *Friedhof* stammt von שמן weil die Erde von den Leichen fett wird.

שחק *zertretene Erde* und *Himmel*. Daraus folgt die Schwere der Luft, die so schwer ist, als ob sie die Erde treten wurde. Das haben die Alten nicht gewust.

רקק eine sonderbare Etymologie, einzig in ihrer Art.

Es stammt von רקות mager. Daher רוק *Speichel* weil derjenige der häufig spuckt, abmagert, und so ergeht es häufig leidenschaftlichen Pfeifenrauchern. Sie sündigen aber auch sonst, weil für sie der Mangel des Rauchens am Sabbbat ein Kummer ist. Man erzählt von einem wahren Juden, dass ihm vom Arzte das Rauchen verboten wurde, da er sonst sterben müsse. Er aber antwortete: Ich werde lieber sterben, als das Rauchen lassen, und *er starb*. Solches schrieb Ezechia in seiner Arbeit über Synonyma.

קרב *Krieg* weil im Kampfe die Menschen einander nahe kommen קרבים היום למלחמה

שער ist der Eingang zur Stadt.

פתח ist *der* freie Raum, der zwischen beiden Pfosten ist.

דלת ist das Holz oder ein anderer Stoff, welcher den freien Raum der Thüre schliesst.

כהן משרת עבד

כהן ist ein *edler* Diener.

משרת ist ein würdiger Diener, aber dennoch geringer als כהן

עֹבֵד der jederlei Dienst zu verrichten hat.

## יכלמו יחפרו יבושו

יכלמו stammt vom Hauptworte כלימה Scham, weil andere es sehen.

בושה treibt die Schamröthe ins Angesicht, auch wenn niemand es sieht.

חרפה ist die כלימה, von anderen verursacht.

דום דם, הדריש, שתק

דום nicht sprechen.

שתק wird von dem gebraucht, der gesprochen hat und schweigt.

מחריש leise reden.

דם wenn jemand laut sprach, und darauf schweigt.

Wir übergehen hier die übrigen Synoyma, hoffen aber ein andermal Gelegenheit zu haben, sie insgesammt zu veröffentlichen.

---

## Schlusskizze über das Leben Ezechia Luzzatto.[1]

Ezechia Luzzatto führte ein *ganz* der Arbeit, dem Gebete und der Lectüre ernster Schriften gewidmetes Leben, trotz der Blindheit von der er bei zunehmendem Alter befallen wurde. Sein edles Herz dachte immer daran seinen Nächsten zu unterstützen, und obwol sein Vermögen gering und seine Einnahmen spärlich waren, war er dennoch stets edel und mildthätig, und diess geschah *nicht aus Prahlerei, sondern aus wahrer Herzensgüte*. Der unglückliche brauchte nie über die dargereichte Gabe zu erröthen.

---

[1] Diese Skizze beruht grösstentheils auf der mündlichen Mittheilung, die Ezechia Luzzatto dem trefflichen S. V. Zelman machte; dieser verkehrte sehr viel bei S. D. Luzzatto und war dessen Liebling.

Seine Constitution (Körperbau) war ziemlich stark, er besass ein ruhiges und nüchternes Temperament, und er würde länger haben leben können, wenn er nicht an sich selbst eine ärtzliche Operation vorgenommen hätte. Da ein Zahn ihm über den Mund hinaus reichte, wollte er ihn mit einer kleinen Säge abschneiden, er schnitt sich aber unglücklicherweise in die Zunge, es entstand daraus ein Krebs, an welchen er starb. Einige Jahre vor seinem Tode nahm seine Sehkraft sehr ab, und diess geschah aus einem zu grossen Streben nach Wissen. welchem seine physischen Kräfte nicht gewachsen wären.

Nicht zufrieden damit, in der Mathematik und Physik Entdeckungen zu machen, wollte er auch Astronomie studiren und wollte beständig die Sonne mit einem Fernrohre betrachten, seine Pupille wurde dadurch beschädigt, er blieb einäugig und sein Auge wahr sehr geschwächt. Seine strenge Orthodoxie war eine Folge seiner anhaltenden theosophischen Studien, oder um deutlicher zu sprechen, der Kabbalah. Diess erhellt aus den vielen Bruchstücken seines Bibelcommentars, die handschriftlich gesammelt und unter dem Namen זהר אדרבה bekannt ist; daraus ersieht man seine unendliche Liebe zum Zohar, einer Hauptquelle der Kabbalah!

Ezechia Luzzatto war ein tiefer Denker, ein Religionsphilosoph, immer mit mechanischen Arbeiten. sei es als Drechsler oder Mechaniker beschäftigt, nebenbei hatte er eine gemischte Waarenhandlung und ein kleines Manufacturgeschäft. Immerwährend studirte er die Bibel mit den Commentaren zu ihr, und den Talmud trotz seiner so sehr geschwächten Sehkraft; und er liebte *so* sehr die Arbeit, dass er seinen Sohn *Samuel David* lieber zum Arbeiter als zum Gelehrten erziehen wollte. Diess beweist ein an diesen berühmten Sohn geschriebener Brief von 17. Tammus 55 18 (21. Juli1818), worin er ihn ermahnt, ein Handwerk zu erwählen. Dieser Brief enthält eine feierliche Aufforderung, dass er die Studien lassen möge, und sich einer mechanischen Arbeit hingebe. Ezechia Luzzatto war von ziemlich hoher Statur, das Gesicht schön proportionirt, sein Antlitz regelmässig, Haar und Augenbrauen waren grau, die Augen himmelblau, der Bart grau, seine Beleibtheit eine gewöhnliche. Den Augen waren an den Rändern die Augenlieder üb rgeschlagen, etwas vorstehend, was ihm das Aussehen eines dummen Menschen gab, eines *incanta'* wie man im venezianischen Dialekt sagt, während er alles eher als dumm war. Allerdings war er vonNatur schweigsam und sprach wenig; er war immer nachdenkend, fest und beharrlich in seinen Vorsätzen.

Über seine letzten Lebenstage gibt es keine sicheren Nachrichten, auch sein Begräbnissort in Triest ist nicht sicher, da man auch nicht den bescheidensten Stein, der ihn bezeichnen würde, gefunden, Wie Augenzeugen versichern, war auf dem Steine nur der Name und der Todestag, der in Triest am 21. April 1824 (im Nissan 5584) erfolgte. Er wurde 62 Jahre alt. Dieser Stein wurde vom Winde niedergeschlagen, es ist aber nicht gelungen, ihn zu finden.

Ezechia verzeichnete schriftlich auch die geringsten Ereignisse seines Lebens, schrieb die Wechselfälle der Familie in patriarchalischer Einfachheit nieder, wie ein Mann, der einem Freunde oder Anverwandten eine Geschichte erzählt. Eine solche Erzählung liest man in dem Berichte über die Krankheit und den Tod seines erstgeborenen Sohnes, der mit einer Elegie, die den hartherzigsten Mann rühren würde, schliesst. Es ist der Ausdruck eines untröstlichen Schmerzes. Er schilder da seinen Benetto in allen Reizen seiner Schönheit, die Züge seiner Frühreife, führt seine Worte an, seine Fortschritte im Lernen; und sein einziger Trost ist Gott. Diese Elegie verdient in ihrer Einfachheit mit all ihren sprachlichen und grammatikalischen Fehlern mitgetheilt zu werden. Es ist eine köstliche Frucht, umgeben von einer rauhen Schale. Wenn dieses Talent erkannt und schulmässig gebildet worden wäre, würde man einen vorzüglichen Dichter, einen geistreichen Commentator der heiligen Schrift, einen zweiten Watt und Mongolfier in dem Drechsler Ezechia besessen haben, ähnlich dem talmudischen ר' יוחנן הסנדלר

Seine Manuscripte enthalten: Einen Commentar zu einem grossen Theile der Psalmen und des Ecclesiastes; eine Synonymik und einen Commentar zu vielen Abschnitten des Pentateuch unter dem Titel לישועתך קויתי ה'; endlich נדר אהבה, der vollständig sein sollte, ist ein Commentar zur Bibel, aber kabbalistisch.

Ezechia Luzzatto war ein vielseitiger Mann, aber in keinem Gegenstande vollkommen, weil es ihm an Methode zunächst mangelte, und dann, weil er von Nahrungssorgen stets gequält war.

Kurz kann man das Leben Ezechia Luzzatto's so zusammenfassen: Er war ein äusserst religiöser, demüthiger, bescheidener und gerechter Mann, ein trefflicher Gatte, der beste Vater, der gehorsamste Sohn, ein fleissiger Arbeiter, ein ehrlicher Geschäftsmann, ein rastloser Gelehrter, ein Menschenfreund, und bis zum höchsten Grade gottesfürchtig, *würdig, einen der berühmtesten Männer unseres Jahrhunderts: Samuel David Luzzatto zum Sohn zu haben.*

# V. Anhang.

## Zur Familie der Luzzatto.

### von Dr. Isaja Luzzatto.

Im Heft 2 des Magazins für die Wissenschaft des Judenthums 1880 unter dem Titel: „Hebräische Manuscripte
in Mailand" berichtet Dr. A. Berliner unter Nr. 121 p.
114) folgendes: 121. Commentar des Nachmanides zum
Pentateuch, am 26. August 5287 (1527) verkauft von
Simon ben Isak an Samuel ben *Samuel Luzzatto* (vielleicht die älteste Erwähnung dieses Namens).

Der Lehrer Moisè Soave theilt mir aus Venedig folgendes mit: In der Autobiographie wird *Rafaelle der
ältere* als Vater des Arztes Isaac angeführt; dieser Isaac
heirathete im Jahre 1686, die Allegra Capriles, Tochter
des seligen Aron C.; der Vater des Bräutigams lebte noch.
Aron Coen veröffentlichte ein ebräisches Sonett für diese
Hochzeit. Von 3 Söhnen des *jüngeren Raffaele,* von dem
2 Ärzte und einer ein Dichter war, geschieht nur des
Dichters (Efraim) und des Arztes Isac Erwähnung. Was
den 2. Arzt betrifft, den mein Vater übergieng, besitzt
Soave in einer Karte Nr. 1786, die sich in seiner
Sammlung zu ff. 36 Band 37 A befindet, mehrere An-
denken.

Rabbiner Leon Luzzatto theilt mir aus Venedig folgendes mit:

In den alten Verzeichnissen unserer Gemeinde fand
ich andere Individuen der Familie L., die mit dem Rabbiner Simon verwandt sind:

den 14. Jänner 1576 starb ein Sohn Isac Luzzatto's, des
    Bruders vom Rabb. Simon.

den 17. October 1579                 idem

den 4. Sept. 1584 starb Diamante, Tochter Isac Luzzatto's

den 19. März starb Allegra, dessen Gemalin, im Alter von 90 Jahren; sie war 28 Jahre alt, als sie dem Sohne Simeon der 1563 geboren wurde, das Leben gab.

---

# VI. Anhang.

## Bemessungen der Durchmesser und Krümmungen des Kopfes von S. D. Luzzatto,

vorgenommen von Prof. Ludwig Brunetti und vom Dr. Marcus Osimo.

### Umfänge und Krümmungen.

1. Der Umfang der sich an dem Gypsabdruck an der Basis findet, und welcher die Protuberantia occipitalis, die stark hervortretend ist, durchstreift, und längs den oberen Rändern der beiden Orbita läuft, d.h. längs der Augenbrauen auf dem mit der Haut versehenen Kopfe betrug 57 Centimeter. Die Hälfte dieses Umfanges, d.h. von der Hälfte der Protuberantia occipitalis bis zur Hälfte des Raumes zwischen den Augenbrauen, beträgt $28^1/_2$ Cm. folglich ist der Kopf ein symmetrischer.

Der Umfang in Gyps, der die Schödelwölbung darstellt, beträgt 55 Cm.

2. Der Umfang, von dem vom 1. Umfange 4½ Cm. früher, und 4 Centimeter später genommen wurden, u. z. auf dem mit der Haut bedeckten Kopftheile beträgt 58·5 Cm., auf dem blossen Kopfe (ohne Haut) 55·5 Cm.

3. Der Umfang von der Protuberantia occipitalis bis Glabella längs der Pfeilnaht, dh. die Schödelwölbung von rückwärts nach vorne auf dem mit der Haut bedecktem Kopfe beträgt 37 Cm. Der entblösste Schädel allein hat 34·9 Cm, während der in Gyps nur 33·8 Cm. hat, weil in diesem jener Zug der von dem intersuperciliarem Centrum und der Nasenglabella geht, welches die Vertiefung der Nasenwurzel ist, sich nicht findet.

4. Umfang, bemessen von dem einen äusseren Gehörgang zum anderen, parallel mit der Kranznaht, durch einen Punkt zum Scheitel gehen, vom intersuperciliarem Centrum 20 Cm. entfernt und umfassend die Dicke der Ohrmuscheln zusammengedruckt und ausgedehnt, betrug auf der Leiche 38 Cm. Wenn man die Dicke der Ohrmuscheln, die auf 1 Centimeter berechnet wurden, abzieht, bleiben 37 Cm. — Am entblössten Kopfe sind 35 Cm. auf dem Gypsabdruck sind nur beinahe 34, weil die beiden Gehörgänge sich unter dem Gypse befinden, also nicht darauf dargestellt sind.

5. Umfang, bemessen von einem Gehörgang zum anderen, ausgehend vom Scheitel um 11 Millimeter von und später correspondirend den 2 vorderen und hinteren stark ausgeprägten Theilen zusammengenommen die Dicke der beiden Ohrmuscheln beträgt 39 Cm. ohne ohne diese Dicke 37·9 Cm. Auf dem entblössten Schädel sind 35 4 Cm. in Gyps finden

sich nur fast 35, aus dem angeführten Grunde des Mangels eines dargestellten Gehörganges.

6. Halber schiefer Umfang, vomausserstem Augenwinkel von der einen Seite 7 Cm. von der ausseren Protuberantia occipitalis von der anderen Seite entfernt, nach dem von dem l. Umfange genommenen Plan auf dem mit der Haut bedeckten Kopfe beträgt 35·6 Cm. auf dem blossen Haupte 32½. Ebenso gross war der Gypsabdruck.

## Durchmesser.

1. Der grösste vordere-hintere Durchmesser von der Protuberantia occipitalis zum intersuperciliarem Raum beträgt 19·8 Cm. Der Durchmesser, bildend das dss Centrum zum Protuberantia occipitalis und den anderen Theil des krummen Kreises in Bewegung setzend, ausgehend von der Höhe des angeführten Raumes, ist 8 Cm. hindurch ebendemselben Raume gleich, so dass die Spitze jenes Raumes von 8 Cm. einen Bogen mit einem Kreis, dessen Radius 19·8 beträgt, bildet. Auf dem blossen Haupte beträgt der Duchmesser blos 19 Cm. der Radius aber ist immer in im Wachsen begriffen, durchläuft einen Bogen von Centrum; bis er endlich 19·5 Cm. bildet, so dass die Dicke der weichen Theile die geringe Erhöhung des Hinterkopfes compesirt.

2. Der kleine Querdurchmesser von einer Schläfe zur anderen. bei der grössten Erhöhung der Schläfenschuppe, 5 Cm. von dem Fortsatz des Stirnbeines entfernt. beträgt 13 9 Cm. auf blossem Haupte 13 Cm; ebenso viel am Gypsabdruck.

3. Durchmesser, bemessen 4½ Cm. über die Ohrmuschel nach Umfang Nr. 4, beträgt 16 Cm. mit der Haarhaut, und ohne dieselbe 15·5 Cm.

4] Stirndurchmesser, von einen Augenwinkel zum anderen mit der Haut 12 Cm. ohne diese 11·5 Cm.

5. Grösster Durchmesser am Stirnbein selbst, der 5 Cm. in die Höhe reicht, und von den beiden äussersten Enden der beiden Orbiten ausgeht, beträgt auf dem mit Haut bedeckten Kopftheile 12·8, ohne Haut 12·5, da erweitert sich nämlich die Stirne.

## Messungen.

| Mit der Haut | Ohne Haut | Im Gypsabdruck. |
|---|---|---|
| 1. Umfang 57 . . . . Cm. | 55. Cm. | 55   Cm. |
| 2.   „   58·5 . . . .   „ | 55·5 „ | 55·5 „ |
| 3.   „   37 Cm. . . .   „ | 34·9 „ | 33·8 „ |
| 4.   „   38—1=37 .   „ | 35   „ | 34 beiläufig |
| 5.   „   9—1·1=37·9   „ | 35.4 „ | 35   „ |
| 6.   „   35·6 . . . .   „ | 32·5 „ | 32·5 Cm. |
| der 1. Durchmesser 19·8 Cm. und bleibt so bis zu 8 Cm. im interonperciliarem Raume. | 19. hingegen wächst bis 5Cm. so dass es 19·5 wird d.h. der Durchmesser wächst um 1 Millimeter im Umfange. | da bemerkt man kleine Differenzen. |
| der 2. Durchmesser 13·9 | 13 | 13 |
|   „   3.     „     16 | 15·5 | 15·5 |
|   „   4.     „     12 | 11·5 | 11·5 |
|   „   5.     „     12·8 | 12·5 | 12·5 |

Diese Messungen wurden vorgenommen, während der Kopf noch am Rumpfe war und man die Haarhaut so viel als möglich schonte, da man die Leiche nicht verunstalten wollte. Deshalb konnte man auch den Verticaldurchmesser des Kopfes nicht bemessen. Der Gesichtswinkel Camper $89^{1}/_{2}$.

# VII. Anhang.

## Pater Luigi Pasquali, früher Abraham Luzzatto geb. zu San Daniele im Friaulischen den 2. Mai 1771, gestorben in Padua den 11. September 1850.

*Eine biographische Skizze von Dr. Isaja Luzzatto.*

### Seine Schriften.

1. Über einige neue Entdeckungen im Naturrecht und eine neue Methode es zu lehren. Venedig, Druck bei Curti S. Polo 1809, 8⁰, p. XXVIII 196.

2. Natur-und Gesellschaftsrecht, und Elemente des Völkerrechtes, abgeleitet aus der Analyse des Menschen, oder von dem moralischen Sinn und der allgemeinen Übereinstimmung der Vernunft. Padua Bettoni 1815, p. VIII, 411.

3. Vorlesung über die Aesthetik, gehalten am 10. Nov. 1820 in der Universitæt zu Padua. Venedig Al-1826, p. 26. Später nochmals gedruckt. (Nr. 5).

4. Elemente der Aesthetik, 2 Bände Padua. Druck des Seminars 1827, i 8⁰ p, XXIV. 276; XXII 293 2. Ausgabe Bologna 1837.

5. Die Thaten und der Ruhm des Thaumaturgen in Padua, auseinandergesetzt in 36 panegyrisch-moralischen Abhandlungen, hinzu kommt eine Panegyrik des heil. Antonio, 2 Bände Bologna 1834 p. XXXI — 324 — 369. Druck alla Volpe. Pasquali war damals Generalkommissär des Minoritenordens der Stadt und der Provinz Bologna's. Es folgen 5 andere Vorlesungen, so die unter Nr. 3 erwähnte, *die*

er am 10. Nov. 1820 gehalten, als er die Lehrstelle für Aesthetik erhalten, einen allgemeinen Überblick über die Aesthetik 1825 und das Lob über die Einsamkeit 1826.

6. Philosophie und natürliche Rechtschaffenheit, Bologna 1835. Druck von Sassi alla Volpe p. 46.

7. Die Basilica des heil. Antonio zu Padua und ihre Wiederherstellung. Padua 1842 mit Typen der Minerva p. 20.

8. Der Fortschritt und das 19. Jhrt. 2 Bände 1843. Druck der Minerva p. 296 — 272.

9. Brief an Prof. Vincenzo de Castro, 3. Jänner 1846 p. 30.

10. 4 Gewissheiten. Akademische Denkschrift 1847. Druck der Liviana. Gelesen in der Akademie zu Padua p. 46.

11. Bericht über die 10 Gemälde der Sacristei del Santo Padua. Druck von Bianchi 1848 in 8⁰ p. 24.

### Verschiedene kleinere Aufsätze.

In den Prinzipien religiöser Toleranz, die ich von meinem Vater geerbt habe, auferzogen, glaubte ich in der Geschichte meiner Familie einen Ehrenplatz *dem* Manne geben zu dürfen, der obwol in frühester Jugend seinen Glauben abtrünnig geworden, dennoch durch sein tugendhaftes Leben und seine hervorragenden Verdienste um die Wissenschaft, es verdient, der Vergessenheit entrissen zu werden.

Es sei auch mir gestattet *die Gelehrsamkeit, die sich mit einem unbescholtenen Leben verein', zu ehren,* wie jene sagten, welche das klösterliche Leben mit ihm theilten und in der kurzen biographischen Skizze. die sie einen Tag nach seinem Tode veröffentlichten, mittheilten. Aus jener Skizze, sowie aus einem grossen Theile seiner Schriften, welche ich zum Theile im Nov 1878 in den stillen Räumen der Antonianischen Bibliothek las, wo ich mit der grössten Liebenswürdigkeit und einem seltenen Vertrauen behandelt wurde, bildete ich diesse Notizen, welche, um aufrichtig zu sein, weder eine Biographie, noch eine vollständige Übersicht seiner Schriften bilden, aber mit deren Hilfe ich in Kürze ein synthetisches Bild seines Geistes bieten zu können.

Im 1. Theile werde ich versuchen seine geistige und sittliche Gestalt zu zeichnen, im 2. Theile werde ich se'ne Schriften betrachten, um seine Verstandesschärfe daraus zu erschliessen. Pater Pasquali war in der Philosophie, ebenso wie mein Vater, ein Anhänger der *sensistischen* Schule, und ihm gleich schämte er sich nicht, sich nach vielen Jahren von dem loszusagen, was er früher vertheidigt.

*Abraham Luzzatto* wurde in San Daniele im Friaulischen den 2. Mai 1771 geboren und starb in Padua den 11. September 1850. Kaum Jüngling strebte er das wahre Wissen an, konnte kindische Sachen nicht leiden, war rastlos in der Erforschung des Grossen und Erhabenen. Beim Studiren selbst entfaltete er eine leichte Auffassung ein treues Gedächtniss, einen unermüdlichen Fleiss. Die hebräische Sprache war ihm vertraut; zu 16 Jahren war er Erzieher bei einer Familie in S. Vito del Tagliamento. Die *Evangelien*, so sagten seine Genossen, (die patres) *hatten ihn dem Christenthum, dem Kloster, dem Heiligthum zugeführt*. Sonderbar Einige Jahre früher hatte ein Anverwandter die Unechtheit derselben bewiesen.

Aber übergehen wir dieses heiklige Thema.

Er hatte noch nicht $3^1/_2$ Lustra durchlebt und wohnte schon in dem Hause der Antoniani di S. Vito, und am 3. April 1790 wurde er in Venedig getauft. Es war der Samstag vor Ostern (Passah) und deshalb nahm er den Namen Pasquali an, und am 7. October desselben Jahres wurde er Mitglied des Ordens der Minori Conventuali. Theilweise in Venedig im Hause der Fratres, theilweise in Padua in dem Orden des S. Autonio, durch Antonomasie Santo genannt, widmete er sich mit grossem Eifer dem Studium, und war von Dankbarkeit und grösster Zärtlichkeit gegen jeden erfüllt, der ihn über theologische oder philosophische Dinge belehrte. Eine Frucht dieser Liebe zur Philosophie war ein Versuch, den er im Jahre 1800 über das Naturrecht veröffentlichte, ein Versuch, den er 6 Jahre später zu dem grossen Werke über gesellschaftliches-und Völkerrecht erweiterte.

Dass ein Ordensbruder, und noch dazu ein Neophyt seine literarische Carriere mit einer Abhandlung über das Naturrecht begann, wo wenige Pfleger desselben in den Zeiten der Tyrannei die Fahne der Freiheit und der menschlichen Würde aufrecht hielt, scheint so manchem sonderbar, gewährt uns aber einen Einblick in die Natur seines Geistes. Übrigens lässt sich diess vielleicht seinem forscherischen Geiste zuschreiben, der vielleicht *sich selber* unbewusst, die Lehren der Sinaitischen Religion aufgenommen, welche die Forschung und nicht das Glauben an Dogmen gebietet, und andererseits war das Kloster der Antoniani in Padua von jeher durch die Liebe zum Studium berühmt, was auch die Paduaner Israeliten gerne dem *Santo* zugestanden.

Als Doctor der Philosophie und Magister der Theologie war er im Kloster *ein treuer und loyaler Genosse, ein weiser Lehrer der Jugend, ein Mann der es nicht wollte, und nicht vermocht hatte, seine Autorität zu irgend jemandes Nachtheil zu verwenden.*

Er war Provinziale der Minori Conventuali del Santo, Definitor Generale, ordentlicher Professor der Aesthetik an der Universitaet zu Padua von 1820—1829, im Schul-Jahre 1845—46 war er Decan der damals mit einander verbundenen 2 Facultaeten, der philosophischen und mathematischen nämlich, ferner war er correspondirendes Mitglied der Academie der Wissenschaften und der Künste zu Padua und der Pontificia zu Rom, Ehrenmitglied der Akademie der schönen Künste zu Bologna, des Athenäums zu Treviso und der Akademie dei Concordi zu Bovolenta. Im April 1826, als der Orden der Padri Minori Conventuali im Convento del Santo zu Padua wieder hergestellt wurde, nahm er nach langer Zeit wieder sein Ordenskleid an, und als er bei der Eröffnung des zweiten Semesters vom Neuen in dem Gewande eines Fraters erschien, sagte er seinen Schülern: *Zurückgekehrt in mein Asyl der Ruhe und des Friedens behielt ich doch die Ehre des öffentlichen Lehramtes . . . jetzt wo ich mich wieder in dem Orden befinde, den ich schon von früher nach langer reiflicher Überlegung und mit entschlossenem Willen gewählt habe, in einer Einsamkeit, wo man, je mehr man von den Menschen und von den Dingen getrennt lebt, desto leichter sie erkennen und erforschen kann.* [1]

---

[1] Ein Lob der Einsamkeit, findet man in seinen Discorsi Band II p. 395—6. Und viel früher I Bd. p. 315—6 sagt er: Was würde aus uns wenn Hunger, Durst und andere Leidenschaften uns Tag und Nacht quälen wurden und dieselben nicht durch das Recht und die Pflicht in Zügel gehalten wurden? Abgesehen davon, dass diess uns von unseren Studien ablenken würde, könnten

Philosophie und Rhetorik waren seine Lieblingsbeschäf-
tigungen. Die männliche und würdevolle Beredsamkeit Pasqualis, unterstützt von seinerGeistesschärfe und populär ge-
gemacht durch Einfügung von historischen Momenten,
wurde ihm viel mehr Bewunderer verschafft haben, wenn
nicht bei der grossen Fülle der Thatsachen und Worte
eine monotoneWiederkehr derPeriode und eine unangenehme
Stimme gewesen wären. Aber mehr als all diess, war ihm,
der an philosophischen Studien gewöhnt war der *hohle
Bombast so mancher berühmter Redner verhasst,* und er
sagt von sich selber dass das Spiel mit Worten und den con-
cetti nicht seine Art sei und führt an, dass Cicero (Tullius)
wollte, dass der Redner männlich, mannhaft, warm energisch
sei und fügt hiezu: Was nützen mir in der Sprache grosse
und hohe Redensarten, wo nichts Grosses in der Wärme
der Beredsamkeit, in der Kraft der Beweisführung, in dem
Reichthum ungewöhnlichen Wissens, in der Genauigkeit der
Zeichnung, in der wolangelegten Vertheilung der einzelnen
Theile und des Ganzen durchleuchtet. (²)

Aber mehr als zur Kanzel war er für die Schule geschaffen
Er widmete sich ganz dem Katheder, und hatte sich dazu
schon würdig vorbereitet, dass er die venetianische und pa-
duanische Jugend privat unterrichtet hatte, es fortsetzte

---

wir die schlechten Neigungen anderer leiten, wenn wir es nicht
verstünden, die eigenen Leidenschaften zu bezwingen und zu be-
herrschen? Wir würden zwar declamiren, aber es wäre umsonst,
wenn wir nicht in uns das Muster tragen, wonach sie zu bilden sind
. . . Und was ist das uns die Anlage und die Gewohnheit einer
Lebensform von allem was gemein und niedrig ist, ein Leben das
genug hat an einer mässigen Kost, an kurzem Schlaf, kurzer Erholung und erfüllt ist von dem heiligsten Pflichtsbewusstsein und
die Einsamkeit und Zurückgezogenheit zu lieben versteht? O ein-
same Orte, o Zurückgezogenheit. O glückliches Alleinsein!

(²) Vorrede zu den Thaten und Ruhmesthaten des Thaumaturgen von Padua pag. XIX—XXIII.

im öffentlichen Studium in Padua, wo er im Jahre 1820 zum ordentlichen Professor der Aesthetik erwählt wurde, ein ungeschicktos Amt, in Italien damals fast neu, wenn auch nicht dem Wesen, so doch der Form nach.

Am 10. November 1820 hielt er an der Universitaet zu Padua seine Antrittsvorlesung über Aesthetik. Da sagte er: *Wenn nur ein mittelmässiger oder gar kein Wert in mir wäre, so nähre ich sicherlich in meiner Brust keine gewöhnliche Neigung und Liebe zur Arbeit, und es ist mir angenehm mich daran zu erinnern, was ich ohne unbescheiden zu sein, sagen kann, dass ich so manche Mussestunden mit ernsten Studien zugebracht, die der Weisheit nicht feindlich und den Musen nicht unangenehm waren* ([1]).

Und in der Einleitung seines Werkes über den Fortschritt sagt er: Ich bin ein Mann von Wort und Ehre. Ich habe immer auf dem Wege der Ehre meine Pflichten erfüllt. Ich habe nie gelogen und war nie hinterlistig, und wurde immer als Ehrenmann geachtet.

Dass Pasquali, — so liest man in den biographischen Notizen — die Wissenschaft des Schönen (die Ästhetik) in den möglichst besten Formen behandelt, wagen wir nicht zu beurtheilen — sie haben Lob und Tadel geerntet, das gewöhnliche Loos eines jeden irgendwie bedeutenden Werkes. So viel ist sicher, dass sie noch immer als Text in vielen Schulen dient, und das in Bologna eine zweite Ausgabe veranstaltet wird. Nach vielen Jahren wurde jene Lehrkanzel zur philologischen Abtheilung geschlagen — das hätte ihm den Zutritt zu einer glänzenderen und weniger mühsamen Laufbahn öffnen können. Aber Pasquali zog die Stille des Klosters vor, liebte mehr

---

([1]) Vorlesungen, pag. 231 der Discori Vol. II.

die ruhigen Studien. Das Leben Luigi Pasquali's war eine beständige Übung der edelsten Kräfte der Seele, das glücklichste Leben auf Erden. Dasselbe *Alter* welches keinen Trost in den Monologen finden konnte, fand ihn in der Erinnerung an die früheren Studien, in dem Lesen neuer Bücher, in dem Abfassen wissenschaftlicher und kunsthistorischer Denkschriften, in der Abfassung seines Werkes über den Fortschritt, ein Werk dessen Prospect grossartig ist. Und ich bemerke hinzu, dass es bei einem geistlichen Manne, der im Alter von 74 Jahren auf dem Wege der Analysis über dem Fortschritt zu schreiben beginnt, merkwürdig ist, ohne Übertreibung, ohne List, heiter und ernst, streng logisch zu bleiben. (²)

## I.

Und jetzt möge der geneigte Leser in raschem Fluge mit mir einen Blick auf die Werke Pasqualis werfen, um den vorzüglichsten Theil seiner Gedanken etwas näher kennen zu lernen. Welcher Schule er angehört, erhellt zweifellos aus folgenden Worten: *Die Thatsache* (³) *und die Erfahrung beeinflussen noch immer auch die geringste That meines Geistes und meines Willens.* Es schien mir nie abweichen zu dürfen von der italienische Schule die ganz concret, ganz praktisch, ganz deutlich und durch die Sinne wahrnehmbar ist, sowol bei der eigenen Arbeit als wenn sie andere zur Arbeit anleitet, oder die Arbeit

---

(¹) In einer seiner Reden sagt er (Vol. II p. 300). Wir müssen diese Wahrheit einer strengen Prüfung von Seiten der Vernunft unterwerfen.

(³) Unter diesen Thatsachen versteht er die wunderbare Verbreitung des Evangeliums im ganzen Universum.

eines andern beurtheilt ($^4$). Und an einer andere Stelle
sagt er: Ich beschränke mich auf diese und ähnliche Untersuchungen, indem ich mit der grössten logischen Strenge
dabei verfahre und wenn ich dieses erreicht habe kümmere
ich mich nicht um andere Quellen, sondern halte mich blos
an meine Urtheilskraft und meinen gesunden Verstand. ($^5$)
Und diesen Grundsätzen blieb er immer treu. Es würde
zu weit führen das Urtheil der Zeitschriften über seinen
ersten *Versuch* anzuführen; auch liegt diess nicht in meiner
Absicht. Aber ich glaube nicht fehlzugehen, wenn ich sage
dass dieser *Versuch* ihm viel Anfeindungen verursachte.
Auch sach er diess voraus. In der Einleitung (p. III-V)
sagt er: Es wurde immer als sehr schwierig betrachtet
über das Naturrecht zu verhandeln, und beim Verhandeln
solche Ausdrücke zu gebrauchen, dass sie nicht religiöse
Glaubensartikel oder Ansichten verletzen — der grösste
Theil glaubte und glaubt heute noch, dass es Sache der
Verrückten sei, da man ohne für einen Ketzer gehalten
oder dessen verdächtigt zu werden, darüber nicht schreiben
könne; so wird man durch ein solches ungerechtes Übel-
wollen entmuthigt den Geist einer nützlichen und noth-
wendigen Beschäftigung zuzuwenden ($^6$). Er erkannte

---

($^4$) Brief an Prof. De Castro p. 12 — 14

($^5$) Der Fortschritt und das 19. Jahrhundert I Vol. p. 79.

($^6$) In seinem Werke *der Fortschritt und das 19. Jhrt.* I Bd.
p. 123—24 sagt er: Es gibt einen mächtigen Grund, weshalb die
Jurisprudenz keinen oder einen nur sehr geringen Fortschritt
macht. Er spricht dabei von der politischen Spaltung Italiens, von
dem Überfall fremder und barbarischer Völker, deren Joch es tragen
musste, wodurch es nicht Zeit hatte Gesetzbücher (Codices) abzufassen, sowie die Studien der Jurisprudenz zu vertiefen. Hiezu
kömmt der grosse Fleiss, der auf die theologischen Wissenschaften
gewandt wird . . . auf das Sammeln der kirchlichen Canones,

den Grund darin, dass die meisten Juristen Protestanten
seien, und leugnet dass das Rechtsstudium ein eitles sei,
und dass man dem Evangelium und der Religion ausschliesslich die Moral zuzuschreiben habe und gerade weil
in dieser Facultaet die klarsten, klassischen, leichten und
umfassendsten Autoren sind, führt er die Nothwendigkeit
sich mit einer neuen Methode und neuen Beweisen zu
versehen, an. Er steht nicht an zu behaupten, dass das
*Naturrecht die Basis und die sicherste Grundlage der
wahren Ethik ist* (p. 97). So ist in kurzen seine Beweisführung (Theil 2a §§ 12—14 p. 108—112):

*Die Religionen, die heiligen Schriften und die Kirchen-
väter lehren,* dass vor der offenbarten Religion die Menschen
ein natürliches Recht hatten, das heisst, die ursprüngliche
Gesetze wie die des Decaloges eine natürliche Forderung
der Vernunft waren, und daher der Mord, der Diebstahl
die Kränkung, der Ehebruch von allen als unwürdige und
entwürdigende Handlungen betrachtet wurden. Das nun
lehrt die Religion. So lehrt überdiess, dass Gott in dem
Menschen moralisches Gefühl gepflanzt habe, weil Gott
Schöpfer der Menschen ist und daher der Schöpfer des
rechten Sinnes und der Vernunft, welche dem Menschen

---

und der Texte des Kirchenrechtes. Der einzige, der nach meinem
Dafürhalten eine Idee vom Privatrecht vor Kurzem geliefert hat,
ist Zeller in seinem Werke: Das natürliche Privatrecht.
Ich bin jedoch überzeugt, dass das Wort *Jus* in unser Sprache
*diritto* (Recht) von justitia kommt, ich bin überzeugt, dass das
Naturrecht alles in sich fassen muss, was gerecht ist und als Gerechtigkeit auf jeden einzelne Privatmann anzuwenden ist; ich bin
ferner überzeugt, dass das Studium des natürlichen Privatrechtes
die Grundlage jeder Rechtswissenschaft werden muss, u. z. so wie
es von Zeller begonnen wurde . . . . . *Nur sehr wenige meiner italienischen Mitbürger werden meiner Methode und meiner Ein-
theilung Beifall zollen,* die meisten hingegen werden mich an's Kreuz
schlagen, weil sie an verjährten Vortheilen zähe festhalten.

moralisches Gefühl zur Pflicht macht. All diess lehrt
aber auch die Vernunft und die Thatsache (Erfahrung)
. . . . Die Religion aber gibt mir durchaus keinen Auf-
schluss über den Anfang des Naturrechtes, verpflichtet
mich durchaus nicht einen dieser Artikel zu glauben. Die
Religion wird mich nie eine Thatsche glauben lassen, die
nicht ist, sondern nur eine solche, die wirklich ist. (p.
111—112 ff) Trennt man daher die Ethik, die von der
Religion stammt vom Naturrechte, so bleibt dieses frei
und das *ist sehr nothwendig, weil nicht alle Christen sind*,
und der Verfasser, obwol Katholik, sagt, dass, wenn es
sich darum handelt das Recht, das *natürliche Sittengesetz
zu erforschen, welches alle zu erfassen das Recht und zu beobachten die Pflicht haben,* er nicht zu einer Quelle Zu-
flucht nehmen könne, die nicht von allen Menschen als
authentisch angesehen wird. ([¹])

Ein erleuchteter geistreicher Philosoph, und noch mehr ein
religiöser Mensch wird ohne Zweifel zum Schlusse gelan-
gen, dass Gott der Schöpfer des Naturrechtes ist, er wird
es ableiten von seiner Vorsehung, von seiner Güte, die
die Ordnung und die Vollkommenheit will; und abgesehen
von der katholischen Religion, welche die Heiden als
nicht zu ihr gehörend betrachtet, wird auch zugeben
müssen, dass den Beobachtern des Rechtes ein göttlicher
Lohn zu Theil werden wird. Das ist die Lösung dieser
Frage (p. 165).

Auch über das Ende des Gesetzes, über die Unster-
blichkeit und das zukünftige Leben gibt dasselbe, was
sowol Moses, und viel früher der göttliche Heiland ein-

---

([¹]) Auch in dem Werke: Der Fortschritt und das 19. Jahrhundert, Band I p. 94—95 äussert er sich hierüber in ähnlicher
Weise.

dringlich und häufig eingeschärft u. z. aus dem Grunde,
damit die der Vernunft allein überlassenen Menschen
nicht der Verblendung anheimfallen (p. 175—5).

Wenn einmal mit voller Sicherheit und Genauigkeit
alle geschichtlichen Berichte und moralischen Verhältnisse
des Menschen festgestellt sein werden, so ist kein
Zweifel, dass man so manches fester begründen wird, als
diess bisher möglich gewesen (p. 195—6).

Was seine Abhandlung über die Aesthetik betrifft, zu
welchem Studium er eine besondere Vorliebe hatte, so hielt
er sie für die sicherste Wissenschaft der Philosophie der
schönen Künste, so dass man, nach ihm, anstatt sie zu den
abstracten und methaphysischen Wissenschaften zu zählen,
man sie zu den experimentalen zählen müsse; dann theilt er 3
grosse Wahrheiten, 3 unverletzliche Vorschriften mit, u. z. 1)
das Studium der Natur 2) das Studium der grossen Meister,
die uns vorangegangen und 3) das Studium des menschlichen Herzens. (Discorsi Vol. II. p. 240—1) und er forderte: Reinheit und Geradheit des Herzens, der Affecte
und der Gefühle von dem, der sich den schönen Wissenschaften widmen wollte. Sein Werk: Der Fortschritt
und das 19. Jahrhundert ist ein ganz analytisches Werk.
Mein Plan ist, so sagt er, auf dem Wege vernünftiger
Analyse die Grenzlinie zwischen den Dingen zu ziehen,
die keines Fortschrittes fähig sind, und zwischen denen,
die im Fortschreiten begriffen sind und in der Zukunft
noch mehr fortschreiten werden. (Bd. I. p. 141). Ich
dürfte nicht mehr lange leben (er war damals 74 Jahre
alt) meine Kräfte sind erschöpft. Gebe Gott, dass meine
ärmliche Arbeit einem anderen als Sporn diene, sie zu
vervollkommnen (ibid. p. 177). Es würde viel zu weit
führen, ein treues Bild dieses so schönen Werkes zu
liefern. Ich werde mich begnügen, einige Sätze daraus

anzuführen. Indem *ich für meinen Theil jeder Verantwortung mich enthebe*, theile ich mit was er über die Mosaische Gesetzgebung schreibt (I p. 24—25): Betrachtet man die Vorschriften des Decalog's, so sind sie nichts weiter als die natürlichen Gesetze in grösserer Klarheit und in deutlicheren Ausdrücken; und alles übrige der mosaischen Religion betrifft bloss Riten, Caerimonien, Reinigungen um vor allem das israelitische Volk von Götzendienst und von den Götzendienern fern zu halten, eine wahre Mauer zwischen ihnen und den Nachbarvölkern zu errichten, so dass sie sich nie mit ihnen vermischen, sondern sie als Feinde zu betrachten haben, die zu bekriegen und zu vernichten sind, was wol überlegt, keine Civilisation ist, nicht Menschlichkeit und auch nicht gerechtfertigt werden könnte, es müsste denn sein, dass das israelitische Volk ausdrücklichen Befehl von Gott hiezu erhalten . . . . Der Fortschritt muss *dem* die Palme reichen, der die ganze Welt civilisiren wollte, und dem irdischen und gemeinen zum himmlischen und unsterblichen erheben wollte ([8]).

Wie er sich die Thätigkeit Gottes in Universum dachte, kann man aus demselben Werke (Bd. I p. p. 33) ersehen.

Zu denken, dass Gott nie den weltlichen Dingen freien

---

([8]) Ohne auf eine Widerlegung dieser unsinnigen, auf vollständige Verkennung und Unkenntniss der Bibel beruhenden Aeusserung einzugehen, will ich nur bemerken, dass man aus dieser Stelle ersehen kann, wie wahr das Wort des Profeten ist וילכו אחרי ההבל ויהבלו; siehe übrigens *unsere* Recension von Dr. A. Helmersen's Buch: Die Religionen, ihr Wesen, ihr Vergehen in Nr. 14 des Centralblattes p. 167 a und b.

*Dr. M. G.*

Lauf lässt, und dass sich die Beschränkung selbst auf den menschlichen Willen erstreckt, hiesse die göttliche und menschliche Natur in gleicher Weise erniedrigen. Wir geben ja doch zu, dass der Ursprung der Kaiser- und Königreiche, der Republik und der verschiedenen Regierungsformen grösstentheils als von den Menschen freiwillig bestimmt, hervorgegangen angesehen werden muss. Nur eine grobe Unkenntniss der Weltgeschichte vermöchte diese Thatsache zu leugnen.

Ueber den Fortschritt im Allgemeinen äussert er sich wie es folgt (I 40). Überzeugt, dass in *jedem Stande gute und schlechte Menschen* sind, wollen wir weder als Menschenfeinde, die wir sicherlich nicht sind, erscheinen, noch viel weniger als Akatholiken verfaulen, wovor Gott uns hüte. Deshalb achten wir um so mehr die Civilisation der Guten, damit die Barbarei in keiner Weise eindringe. Er fügt dann hiezu: Ich möchte trotzdem nicht entscheiden, ob die Philanthrophie oder die Selbstliebe in unsererer Zeit grössere Triumphe errungen. *Denke wol darüber und schreibe statt meiner, geneigter Leser.*

Über die Vernunft (I 44—5): Schliesslich ist die Vernunft das hauptsächlichste, das nützlichste und auch das nothwendigste Erbe des Menschen; gegeben, ihn zur Wahrheit zur Wirklickeit einer Sache zu führen. Ueber die Poesie (I 49). Wenn die moderne Poesie sich im Rückschritte in Bezug auf poetischen Enthusiasmus befindet, ist sie in wahrem Fortschritte in Bezug auf den dichterischen Geschmack und je weniger Genie und dichterische Begeisterung vorhanden ist, desto mehr herrscht die Vernunft, der rein geläuterter Geschmack vor. (Siehe das geistreiche Feuilleton in der Wiener Allgemeinen Zeitung von Schmidt-Weissenfels vom 1.

Sept. 1882: *Ein Mysterium*, das zu einem ähnlichen Resultate gelangt. Dr. M, G.)

Über die Saint-Simonisten äussert er sich (I 77): Ihr Hauptsatz ist der Fortschritt der Menschheit und die *unendliche* Vervollkommnung derselben. Das *ist jedoch absurd*. Der Mensch ist vervollkommbar, aber nicht ins unendliche.

Über die Regierungsform (I 184): Nicht die Regierungsform ist es, die glücklich macht. Es ist der grosse Geist, das starke Vermögen, die edelste Absicht dessen, der an der Spitze des Volkes steht, die sie beglücken und ruhig und zufrieden mit ihrer politischen Lage machen kann. Möge einer oder viele an der Spitze sein, sie werden die Unterthanen immer zum Glück und zum Wolstande führen, wenn zur die 3 Eigenschaften besitzen: Weisheit, das ist wahre Macht, ein gutes Herz und einen reinen Willen. (I, 199). Je grösser die Zahl der Individuen ist, die der Macht theilhaftig sind, desto grösser ist die Zahl der herrschenden Leidenschaften, und um so leichter die Corruption und die Unordnung, welche das wahre Glück nicht entstehen lässt.

Der 2. Band enthält eine genaue Analyse der Fortschritte der Wissenschaften von ihrem Anbeginne bis heute Von den Naturwissenschaften behauptet er, dass sie fortschreiten und stets fortschreiten werden, denn (p. 241): Das Zeugniss der eigenen Augen ist der sicherste Führer sich von der Existenz und Wahrhaftigkeit aller Dinge zu überzeugen.

Über Galilei äussert er sich (p. 67 wie folgt): Seine Veurtheilung erhöhte nur seinen Ruhm, weil die Zeit und die Nachwelt immer die Hypothese von der Bewegung der Erde bestätigte und die Veurtheilung als eine schändliche hinstellte; und den Zwang den man unserem ausgezeichneten Physiker und Astronomen anthat,

als schimpflich erklärte. Den Schluss bildet ein begei-
stertes Lob auf das *Gas* (p. 268): Sieh, mein lieber
Leser, dass die moderne Chemie nicht nur für die Bedürfnisse des Lebens und der Gesundheit sorgt, sondern
auch für die Vergnügungen des Geistes, um ihn nicht
nur sich am Lichte während des Tages erfreuen zu lassen,
sondern auch in der dichtesten Finsterniss.

Zu 77 Jahren (1847) lass er eine gelehrte Denkschrift
in der Academie der Wissenschaften und schönen Künste
zu Padua, deren correspondirendes Mitglied er war, unter
dem Titel: Die 4 *Gewissheiten* vor! Diess sind: Die *Metaphysik, die Physik, die Moral und die Mathematik.*

Auf dem Wege des streng philosophischen Schlusses
beweist er folgendes:

Dass die Gewissheit einheitlich, untheilbar, nie verschie-
denartig in ihrem Wesen und ihrer Natur ist, jedoch ge-
sondert in der Ordnung der Gegenstände, ihrer Ursprünge
und Grade, dass sie verschiedenen Stufen der *Energie*
unterworfen sein könne, ohne jedoch einer Veränderung
*der Natur nach* oder den wesentlichen Attributen nach
unterworfen zu sein.

Dass die erste Gewissheit zum Gegenstande und zum
Ursprunge die *Vernunft* hat, die zweite von den *Sinnen*
stammt, die 3. von der Autoritaet und der Zeugenaussage
der Menschen.

Es gibt Leute, welche die Physik, die Moral leugnen,
welche behaupten, dass die Sinne täuschen und dass die
Vernunft allein untrüglich ist.

Man muss allen Glauben schenken, wenn sie in guter
Verfassung sind; auf Abwege können alle führen; gewöhnlich aber unterliegt die Methaphysik viel mehr Irrthümern als die Physik und die Moral.

Die Verkehrtheit, fehlerhafte und schwächliche

Beschaffenheit der Vernunft ist viel häufiger als die Verkehrtheit der Sinne und der menschlichen Autoritaet.

Übrigens beeinflusst den Intellect und die Vernunft der Wille, eine freie Macht aus allen Arten von Leidenschaften verrückt und umgeben; und wenn die Illusion die methaphysische Gewissheit häufiger umstösst, als die Physik und Moral, so sind zum mindesten alle 3 deren verhängnissvollen Geschick verfallen; und dabei beschreibt er die Eitelkeiten und Hirngespinste des menschlichen Geistes.

Er bekämpft den Irrthum derer, welche sagen: Ich glaube an die Philosophie, weil mich die Vernunft dazu treibt, ich glaube weder an eine Offenbarung noch an eine Religion, weil mich die Erzählung eines anderen, das Zeugniss eines anderen, was niemals ganz rein mitgetheilt wird, dazu treibt, während die Sinne und die Autoritaet, wenn sie auch nicht treuere und sichere Führer als die Vernunft sind, wenigstens alle 3 gleichen Sehritt halten die Wahrheit, die wir lieben und suchen, zu bestätigen. Und bis auf des Schwertes Schärfe kämpft er für die Unfehlbarkeit und Sicherheit der Vernunft allein. Er lobt die beständige und unveränderliche Gewissheit der Physik, die weit erhaben ist über die so gerühmte Sicherheit der Vernunft und der Methaphysik; und spendet ein wolverdientes Lob unserem Jahrhundert, einem Jahrhunderte wahren Fortschrittes, in welchem ohne die geistigen Wissenschaften zu vernachlässigen, vorzugsweise die Naturwissenschaften getrieben werden.

Was die Mathematik die exacte Wissenschaft betrifft, so leugnet er das Axioma. Die Gewissheiten lassen verschiedene Stufen zu, es gibt hier wie überall, einen Positiv, Comparativ und Superlativ, oder sicheres, sichereres und am sichersten. Die mathematische Gewissheit gehört zur letzten Stufe. Die grössere Anzahl und die grössere Kraft der Motive, die sie geltend machen, stellen sie eben höher als die anderen und da bewährt sich der Satz: Vis unita fortior. Er leugnet jedoch, dass die Vernunft die Stärke der mathematischen Gewissheit ausmacht.

Die Vernunft, die Sinne, die menschliche Autoritaet, der gesunde Menschenverstand, sie alle tragen dazu bei, das für gewiss zu erklären, was den Inhalt der Mathematik bildet.

*Belovar den 3. September 1882.*

**Dr. M. Grünwald.**